मुद्राराक्षस

रूपान्तरकार

रांगेय राघव

स्थापित 1912
100 वर्षों की श्रेष्ठ प्रकाशन परम्परा
राजपाल

₹ 185

ISBN : 9788170287704

MUDRARAKSHASA (Sanskrit Play) by Vishakhadutta

मुद्रक : जी.एस. ऑफसेट दिल्ली

राजपाल एण्ड सन्ज़

1590, मदरसा रोड, कश्मीरी गेट, दिल्ली-110006

फोन : 011-23869812, 23865483, 23867791

e-mail : sales@rajpalpublishing.com

www.rajpalpublishing.com

www.facebook.com/rajpalandsons

मुद्राराक्षस

(संस्कृत के सुप्रसिद्ध नाटक 'मुद्राराक्षस'
का हिन्दी रूपान्तर)

विशाखदत्त

राजपाल

भूमिका

सामंत विशाखदत्त रचित 'मुद्राराक्षस' नामक नाटक का संस्कृत साहित्य में काफी महत्त्वपूर्ण स्थान है। इस नाटक की विशेषताएं यह हैं कि इनमें--

एक—शुरू से अंत तक सब पुरुष-पात्र हैं। केवल एक स्त्री-पात्र है, जिसका कथानक से मूलरूप में कोई संबंध नहीं है। केवल करुण रस पैदा करने के लिए उसे स्थान दिया गया है। सदियों बाद इग्लैंड में शेक्सपियर ने भी ऐसा ही एक नाटक 'जूलियस सीज़र' लिखा था, जिसमें मुख्य रूप से सभी पुरुष-पात्र हैं और स्त्रियों का बहुत ही गौण स्थान है।

दो—इसका मुख्य कारण है कि दोनों ही नाटक मुख्य रूप से राजनीति के षड्यंत्र, कुचक्र और दांव-पेचों को प्रकट करते हैं। 'मुद्राराक्षस' में मौर्यकालीन भारतीय राजनैतिक परिस्थिति का चित्रण है।

तीन—तीसरी बात यह है कि विशाखदत्त के इस नाटक में कहीं भी तबीयत ऊबती नहीं। निरंतर नवीनता मिलती चलती है। कथानक इसीलिए अपनी रोचकता का अंत तक निर्वाह करता रहता है।

मुख्य रूप में यही बातें इसके मूल में हैं।

'मुद्राराक्षस' का अर्थ है राक्षस की अंगूठी। राक्षस की अंगूठी में उसकी मुद्रा अर्थात् मुहर भी है। संस्कृत में मुद्रा शब्द मुहर और अंगूठी दोनों के लिए आता है। यह अंगूठी बहुत महत्त्वपूर्ण है। इसी अंगूठी के कारण चाणक्य को पता चलता है कि श्रेष्ठि चंदनदास के यहां राक्षस का परिवार छिपा हुआ है। बस इतना पता चलते ही चाणक्य अपना खेल शुरू कर देता है। इसी मुद्रा के सहारे से सिद्धार्थक शकटदास से पत्र लिखवाकर मुहर लगाकर राजनीतिक दांव-पेंच खेलता है। इसी के कारण मलयकेतु का राक्षस से झगड़ा होता है और चन्द्रगुप्त मौर्य का रास्ता साफ हो जाता है। क्योंकि मुद्रा नाटक की घटनाओं में इतना

महत्व रखती है, इस नाटक का नाम कवि ने उचित ही 'मुद्राराक्षस' रखा है।

विशाखदत्त सामंत बटेश्वरदत्त का पौत्र और महाराज पद वाले पृथु का पुत्र था। वह स्वयं बड़ा नीतिज्ञ रहा होगा, जिसने इतनी राजनीति, ज्योतिष आदि के पांडित्य का परिचय दिया है। उसका नाट्यशास्त्र का अध्ययन भी काफी था, क्योंकि उसने बुरे नाटककार और अच्छे कवि के ऊपर भी प्रकाश डाला है। कवि शंकर और विष्णु दोनों को ही भगवान मानता था। काव्य में गौड़ी रीति के आधिक्य के कारण लोगों का अनुमान है कि वह गौड़ देश का रहने वाला था, उसने 'क्षपणक' (बौद्ध साधु) दर्शन को, जैसा कि उस समय विश्वास था, अच्छा नहीं माना, परंतु अर्हतों की प्रशंसा की है। उसने बुद्ध के चरित्र की महानता को भी स्वीकार किया है। हम इस विषय में कुछ नहीं कह सकते कि वह कौन था और कहाँ का था। भारतेन्दु का मत है कि पृथु वास्तव में राजा पृथ्वीराज था। वे तर्क देते हैं कि बटेश्वरदत्त जैसे लंबे नाम को जल्दी में सोमेश्वर भी कहा जा सकता है। बटेश्वर में सोमेश्वर से एक मात्रा कम ही है अतः यह बात कुछ भी नहीं जमती। संभवतः सामंत का पुत्र महाराज कैसे हुआ होगा, यही उनके सामने समस्या थी। परंतु पुराने समय में महाराज एक पद था। तभी—'महाराजपदभाक्' भी कहा गया है। महाराज बड़े जागीरदार किस्म के राजकुल से संबंधित व्यक्ति होते थे। इससे केवल यही प्रकट होता है कि विशाखदत्त एक बहुत कुलीन परिवार का व्यक्ति था। उसकी रुचि केवल राजनीति में ही दिखाई देती है। ब्रजभाषा में अनेक अवध के कवियों ने कविता की हैं, इसलिए काव्य-शैली से कवि का स्थान ढूंढ़ना उचित नहीं है। कवि अपने वर्णन में कुसुमपुर का उल्लेख करता है। पाटलिपुत्र का ही दूसरा नाम कुसुमपुर था। गुप्तों के समय में कुसुमपुर का बड़ा महत्त्व था। संभवतः कवि उसी समय का था। धनंजय के दशरूपक में प्रथम प्रकाश की 68वीं कारिका के अंत में मुद्राराक्षस का नाम है। 'सरस्वतीकंठाभरण' के तीसरे परिच्छेद में उल्लेख है। चैतन्नाटक में भी नाम है। इससे स्पष्ट होता है कि ईस्वी दसवीं शती में यह बहुत प्रसिद्ध नाटक था। कुछ विद्वान् म्लेच्छ शब्द का प्रयोग यहां होने से इसे सातवीं सदी का मानते हैं। किंतु सबसे बड़ी इसमें तीन बातें हैं।

एक तो इसमें जिस पृथु के राज्य की कल्पना है, वह हिमालय से समुद्र तक का है, जो सातवीं सदी तक ह्रासप्राय हो चला था। मौर्यों से वर्धनों तक ही इसका ज़ोर रहा था, जब कि सामंतीय व्यवस्था विदेशियों से प्रजा की रक्षा करने में प्रगति का आधार थी।

दूसरे, इसमें जो अन्त का भरतवाक्य है, वह चन्द्रगुप्त के शासन को दीर्घजीवी

होने का आशीर्वाद है। उसमें स्पष्ट ही तत्कालीन राजा की प्रसन्नता की बात है, अन्यथा प्रायः भरतवाक्य लोक-कल्याण के अन्य रूपों का वर्णन करते हैं। चन्द्रगुप्त द्वितीय गुप्तों में शकारि विक्रमादित्य कहलाता था। उसने ध्रुवस्वामिनी की रक्षा की थी। इसलिए उसकी स्मृति में उसकी तुलना दांत पर पृथ्वी उठाने वाले वाराह विष्णु अवतार से की जाती थी। उसके समय में वाराह भगवान् की पूजा का काफी प्रचार था। वाराह का भी भरतवाक्य में उल्लेख है। इन बातों को देखकर लगता है कि यह नाटक ईस्वी चौथीं-पांचवीं सदी का होना चाहिए। म्लेच्छ शब्द धर्मशास्त्रों और पुराणों में आता है। उसका तुर्क मुसलमानों से ही संबंध जोड़ना चाहिए; बल्कि तुर्क मुसलमानों को यवन ही मुख्य रूप से कहा जाता था, यद्यपि यवन शब्द पुराने ग्रीक लोगों के लिए प्रचलित हुआ था। नाटक में खस, म्लेच्छ, शक और हूणों का भी उल्लेख है। हूणों के लिए यह नहीं समझना चाहिए कि स्कंदगुप्त से पहले वे अज्ञात थे। उनकी शाखाएं भारत के उत्तर में तब भी थीं। पारसीक आदि भी प्राचीन ही थे।

तीसरी बात यह है कि जब यह नाटक लिखा गया होगा तब मूल चन्द्रगुप्त मौर्य की कथा काफी पुरानी पड़ चुकी थी क्योंकि इसमें कुछ गड़बड़ियां भी हैं। यद्यपि इस नाटक ने इतिहास पर बड़ा प्रभाव डाला है, फिर भी सब बातें पूर्ण रूप से ऐतिहासिक ही हों, ऐसा नहीं है। इसमें यह तो आता है कि चन्द्रगुप्त मौर्य का मुख्य पौरुष विदेशियों को भगा देना था। अन्त में इसपर ज़ोर है। कथा में भी विदेशियों की समस्या दिखाई पड़ती है, परंतु राज्य जीतने के दांव-पेच बहुत दिखते हैं। इसमें सिकन्दर के आक्रमण का कोई उल्लेख नहीं और पारसीक राजा को भी स्पष्ट रूप से विदेशी नहीं माना गया है। गुस्से में राक्षस मलयकेतु को भी म्लेच्छ कह जाता है। कथा चाणक्य की चतुरता पर अधिक बल देती है, चन्द्रगुप्त की वीरता पर नहीं। यदि यह चन्द्रगुप्त द्वितीय के समय का नाटक होता तो क्या चाणक्य का इतना स्थान होता? परंतु यहां हमें याद रखना चाहिए, एक चन्द्रगुप्त के बहाने से दूसरे चन्द्रगुप्त की जीत पर ज़ोर दिया गया है। गृह-कलह दूर करके शांति स्थापित की गई है। पुरुष से स्त्री रूप धरकर छल से शकराज को चन्द्रगुप्त द्वितीय ने भी मारा था। उन दिनों की राजनीति भी आज की तरह छल से भरी थी। क्षपणक का ब्राह्मण चाणक्य का साथ देना, भारतीय परम्परा में इन दो साम्प्रदायों का विदेशी आक्रमण के समय मिल जाना इंगित करता है। नाटक मौर्यकालीन नहीं है, इसका परिचय यही है कि यहां यह दर्शाया गया है कि वास्तव में नंद का राज्य बहुत ठीक था। केवल चाणक्य के क्रोध के कारण

उसे उखाड़ा गया। फिर प्रजा को शांत करने के लिए काफी चालाकियां करनी पड़ीं। इसमें नंद का पुत्र होकर भी चन्द्रगुप्त मौर्य दासी-पुत्र है, तभी वृषल है, नीच है, जबकि नंद को शूद्र नहीं कहा गया है, बल्कि उसे कुलीन भी कहा है।

इन्ही बातों से लगता है कि नाटक चन्द्रगुप्त द्वितीय के समय का हो सकता है।

कथा का प्रमुख पात्र मूल रूप से चाणक्य है। नाटककार ने चाणक्य को बहुत ही धूर्त और कुटिल दिखाया है। वह अपनी प्रतिज्ञा पूर्ण कर चुका है। उसका क्रोध भयानक था। वह सब कुछ पहले से ऐसा सोच लेता है कि उसकी हर चाल ऐसी जाती है कि कोई उसे काट ही नहीं पाता। वह सब शत्रुओं को मार डालता है, कुछ को हराता है, और राक्षस को वह चतुर और महत्वपूर्ण तथा प्रभावशाली समझने के कारण जीत लेता है। उसके सामने वस्तुतः राक्षस कोई टक्कर का आदमी नहीं है और चाणक्य भी उसकी इस प्रतिस्पर्धा को देखकर मन ही मन हंसा करता है। चाणक्य राक्षस की स्वामिभक्ति से प्रसन्न है। वैसे चाणक्य त्यागी है, टूटे-फूटे घर में रहता है और निडर होकर राजा को वृषल कहता है। दूसरी ओर राक्षस धन की भी चिन्ता करता है, निःस्पृह भी नहीं, बुरी तरह मात खाता है, और अंत में नंद-विरोधी ही बन जाता है। राक्षस का अंत बहुत ही बुरा है और वह अंत में बहुत ही पदलोलुप-सा दिखाई देता है। चाणक्य बहुत ही बुद्धिमान व्यक्ति है। राक्षस उसकी तुलना में कुछ भी नहीं है। उसका नाम भी विचित्र है। और वह नंद की ऐसी स्तुति गाता है जैसे उसके समय में बड़ा भारी सुख था। बाद में चन्द्रगुप्त की सेवा भी इसीलिए स्वीकार करता हैं कि चन्द्रगुप्त नंद का ही पुत्र है। वैसे नाटककार ने यही दिखाया है कि राक्षस के अमात्य बनने का कारण चंदनदास के प्राणों की रक्षा करना है, किंतु यहां राक्षस का लोभ छिप नहीं पाता। यदि वह आन का पक्का होता तो प्राण दे सकता था और तब चन्दनदास की समस्या का भी अंत हो जाता। राक्षस नितांत कायर नहीं था, इसीलिए कवि उससे तलवार भी उठवाता है, पर राक्षस की तलवार भी चाणक्य की बुद्धि से दूर कर दी जाती है। कवि तो बंदिश पूरी बांधता है, परंतु राक्षस का पतन किसी से नहीं रुकता। कवि यह दिखाता है कि है तो राक्षस वीर, प्रचंड, स्वामिभक्त और चतुर, परंतु चाणक्य के सामने वह है कुछ भी नहीं। सबसे बड़ी चाणक्य की महानता तो यह है कि वह अंत में बहुत ही नम्र है; जबकि राक्षस में एक खिसियानापन है और वह वाजिब भी है। चरित्र-चित्रण के दृष्टिकोण से इसमें दो ही पात्र हैं, चाणक्य और राक्षस। बाकी सब काम चलाने

वाले लोग हैं। वे तो हुक्म बजाने वाले लोग हैं। परंतु नाटकीय दृष्टि से प्रत्येक बड़ा सफल कार्य करता है। हर एक का काम उम्दा होता है। फिर भी हम यह नहीं भूल पाते, और स्वयं पात्र भी हमें याद दिलाते रहते हैं, कि इन सब कामों के पीछे तो चाणक्य की बुद्धि है। चाणक्य का लोहा बरसता है। वह पांव उठाता है तो धरती कांपती है। उधर राक्षस परेशान रहता है। नाटक में कहीं भी यह नहीं दिखता कि वह कभी चैन भी पा सका हो। उसने कई चालें चलीं। चाणक्य की नींद तो उसने बिगाड़ी, पर हारा हर जगह। कहीं-कहीं ही नाटककार पात्रों की मनःस्थिति का सामाजिक और व्यक्तिगत परिचय देता है। मलयकेतु को धोखा देते हुए भागुरायण को दुःख होता है। कंचुकी को बुढ़ापे की तकलीफ है। राजनीति के कुचक्रों में प्रकृति वर्णन नहीं मिलते। अंतिम दृश्य मृच्छकटिक से मिलता-जुलता है। चंदनदास बड़ा त्यागी है, फिर भी उसके साथ चारुदत्त की-सी संवदेना नहीं जागती। वह राजद्रोही है और इसीलिए हम चन्द्रगुप्त को इसके लिए अत्याचारी ठहरा ही नहीं पाते। हम जानते हैं कि चंदनदास मरेगा नहीं, क्योंकि चाण्डाल भी वास्तव में चाण्डाल नहीं है और राक्षस भी कायदे से फंसता चला आ रहा है। इसीलिए मैं चंदनदास के चरित्र को भी महत्त्वपूर्ण नहीं मानता। कवि बार-बार उसे शिव जैसा त्यागी बताता है। शायद वैश्यों को प्रसन्न करना उसके मन में अवश्य था। उस समय व्यापार खूब होता था और सेठों का प्रभुत्व भी था। अंत में तो वह जगत्-सेठ बनाया जाता ही है। कवि यह भी कहलवाता है कि परस्त्री से वैश्य प्रेम नहीं करते, वह बड़े शीलवाले होते हैं। इसके अतिरिक्त इस नाटक में चरित्र-चित्रण की कोई विशेषता नहीं है। रस के दृष्टिकोण से इसमें मुख्य रस वीर है। करुण थोड़ा-सा है। राक्षस कई जगह करुणा-भरी बातें कहता है, परंतु वह सब नंद के प्रति हैं, और नंद से हमारी सहानुभूति यों नहीं होती कि हमें चन्द्रगुप्त अच्छा लगता है, हालांकि चन्द्रगुप्त केवल अमात्य चाणक्य के हाथ का खिलौना ही है, परंतु है तो विजयी चाणक्य का ही प्रिय पात्र। नायक के रूप में वह धीरोदात्त है। त्यागी, कुलीन, कृती, रूपयौवनोत्साही, दक्ष, अनुरक्त, शीलवान्, नेता आदि नायक की कोटि में आते हैं। चेन्द्रगुप्त क्षमावान् गंभीर, महासत्त्व, दृढ़व्रती है, अतः धीरोदात्त है। मलयकेतु प्रतिनायक है। यहां नायिका और विदूषक हैं ही नहीं। संस्कृत के नाटकों की परम्परा में यह सुखांत नाटक है। संस्कृत में ऐसा नाटक दुर्लभ ही है। भावानुसार भाषा का प्रयोग है। अलंकार काफी प्रयुक्त हुए हैं। छोटी-छोटे अंक हैं। शौरसेनी, महाराष्ट्री, मागधी आदि प्राकृत भाषाएं इसमें संस्कृत के अतिरिक्त प्रयुक्त हुई हैं। इतिहास की बात हम फिर दुहराना चाहते

हैं। विष्णुगुप्त, चाणक्य, कौटिक्य आदि एक ही व्यक्ति के नाम हैं, यह मुद्राराक्षस ने ही प्रकट किया; और फिर इस विषय में कोई संदेह नहीं रहा। इस नाटक ने भारतीय इतिहास के पूर्वमध्यकाल की राजनीतिक व्यवस्था का काफी परिचय दिया है।

भारतेन्दु हरिश्चन्द्र ने 'मुद्राराक्षस' का अनुवाद किया है। किंतु वह अनुवाद गद्य और पद्य दोनों में है। संस्कृत के गद्य का खड़ी बोली में अनुवाद है और श्लोकों का अनुवाद ब्रजभाषा पद्य में किया गया है। मैंने इसी कारण मुद्राराक्षस का आधुनिक शैली में अनुवाद करने की चेष्टा की है, जिसमें पद्य के स्थान पर गद्य का प्रयोग किया गया है।

भारतेन्द्र हरिश्चन्द्र ने बड़े मनोयोग में 'मुद्राराक्षस' नाटक की पूर्व कथा लिखी है। उन्होंने अपने समय तक के ऐतिहासिक अध्ययन को प्रस्तुत किया है। उस दृष्टिकोण में उन सब बातों का समावेश है जिनको विशाखदत्त ने भी स्वीकार किया है, यद्यपि भारतेन्दु ने बहुत-सी बातें अपने अध्ययन के फलस्वरूप प्रस्तुत की हैं। उनका संक्षिप्त मत यह है—

प्राचीन काल में मगध से पुरुवंश को हटाकर नंदवंश ने 138 वर्ष राज्य किया। उन्हीं के समय में अलक्षेन्द्र *(सिकन्दर)* ने भी आक्रमण किया था। महानंद प्रतापी था। उसके दो मंत्री थे, शकटार शूद्र और राक्षस ब्राह्मण। शकटार क्रोधी था। महानंद ने क्रुद्ध हो उसे एक निविड़ बंदीगृह में डाल दिया। दो सेर सत्तू मात्र उसके परिवार को देता। शकटार दुःखी हो गया। एक-एक कर भूखे ही उसके घर के सब लोग मर गए। शकटार रह गया। एक दिन महानंद के हंसने पर एक दासी विचक्षणा हंस पड़ी। राजा ने कारण पूछा तो वह प्राण-दंड के भय से शकटार से कारण पूछने आई और इस प्रकार महानंद के प्रसन्न होने पर शकटार से कारण पूछने आई और इस प्रकार महानंद के प्रसन्न होने पर शकटार छूट गया। उसे राक्षस के नीचे मंत्री बना दिया गया। शकटार को बदले की आग जला रही थी। उसने काला ब्राह्मण ढूंढ़ा जो घास से पांव कटने पर मट्ठा डाल-डालकर उसकी जड़ें जला रहा था। शकटार ने उससे नगर में एक पाठशाला खुलवा दी। एक दिन राजा के यहां श्राद्ध में शकटार चाणक्य को ले गया और उसे आसन पर बिठा दिया। चाणक्य का रंग काला, आंखें लाल और दांत काले थे। नंद ने उसे अनिमंत्रित जानकर बाल पकड़कर निकलवा दिया। चाणक्य ने शिखा खोलकर नंदवंश के विनाश की प्रतिज्ञा की। शकटार ने उसे घर बुलाकर विचक्षणा को उसके काम में मदद देने को लगाया। महानंद के 9 बेटे थे। 8 विवाहिता

रानी से, एक मुरा नामक नाइन से—चन्द्रगुप्त। इसीसे मुरा का पुत्र मौर्य कहलाता था, वृषल भी। चन्द्रगुप्त बड़ा विद्वान था। आठों भाई उससे जलते थे। रोम के बादशाह ने एक पिंजरे में एक शेर भेजा था कि बिना खोले शेर बाहर कर दो। वह मोम का था। चन्द्रगुप्त ने उसे पिघलाकर बाहर निकाल दिया। महानंद भी इससे कुढ़ता था। चन्द्रगुप्त बड़ा था, सो अपने को राज्य का भागी मानता था। चाणक्य और शकटार ने चन्द्रगुप्त को राज्य का लोभ दिया। चाणक्य ने अपनी कुटी में जाकर विष मिले पकवान बनाए, विचक्षणा ने वे पकवान महानंद को पुत्रों समेत खिला दिए। वे सब मर गए। शकटार अपने पापों से संतप्त होकर वन में चला गया और वहां अनशन करके मर गया। चाणक्य फिर अपने अंतरंग मित्र जीवसिद्धि को क्षपणक के वेश में राक्षस के पास छोड़कर विदेश गया और उत्तर के निवासी पर्वतेश्वर नामक राजा को मगध का आधा राज्य देने के लोभ से ले आया। पर्वतक का भाई वैरोधक या वैराचक था, पुत्र था मलयकेतु। उसके साथ म्लेच्छ राजा थे। उधर राक्षस ने नंद के भाई सर्वार्थसिद्धि को राजा बना दिया। चाणक्य ने घेरा डलवाया। 15 दिन युद्ध हुआ। जीवसिद्धि ने सर्वार्थसिद्धि को बहका कर तपोवन भेज दिया। राक्षस उसे मनाने को चन्दनदास नामक व्यापारी के घर अपना परिवार छोड़कर चला। चाणक्य ने उसे पहले ही मरवा डाला। चन्दगुप्त को राजा बना दिया। राक्षस ने पर्वतेश्वर के मंत्री को बहकाया। मंत्री ने पर्वतेश्वर को लिखकर भेजा। इसके बाद राक्षस ने चन्द्रगुप्त को मारने को विषकन्या भेजी। जीवसिद्धि ने बता दिया तो चाणक्य ने विषकन्या को पर्वतेश्वर के पास पहुंचाकर उसे मरवा डाला, और नगर के प्रतिष्ठित नागरिक भागुरायण से कहकर मलयकेतु को भी भगवा दिया। चाणक्य ने साथ ही अपने विश्वस्त भद्रभट आदि उसकी सेना में भेज दिए। राक्षस अब मलयकेतु के साथ हो गया। चाणक्य ने यह उड़ा दिया कि राक्षस ने ही विषकन्या को भेजकर चन्द्रगुप्त के मित्र पर्वतक को मरवा डाला और स्वयं आधा राज्य देने की बात को छिपा गया।

प्रस्तुत नाटक इससे आगे की कथा का वर्णन करता है।

चन्द्रगुप्त मौर्य के विषय में इतिहास यह बताता है कि वह मोरियवन के क्षत्रियों में से था। इसलिए उसका नाम मौर्य पड़ा था। वह दासी पुत्र नहीं था वरन् उन क्षत्रियों में से था जो कि ब्राह्मण धर्म का प्रभुत्व स्वीकार नहीं करते थे। गौतम बुद्ध के समय में क्षत्रियों ने बुद्धि-पक्ष में तथा दर्शन के क्षेत्र में ब्राह्मणों से बड़ी

टक्कर ली थी। उस समय मगध का राजा बिंबसार था। इसका पुत्र अजातशत्रु हुआ जिसने अपने पिता की हत्या की थी। बिंबसार का वंश शैशुनागवंश कहलाता है। इस वंश के उपरांत हम नंदवंश का उत्थान देखते हैं। नंदवंश को शूद्रवंश कहा गया है। नंदों के वैभव का सिक्का जमा हुआ था। किंतु उस समय ब्राह्मण अप्रसन्न थे। चाणक्य तक्षशिला में पढ़ाता था। बाद में वह मगध पहुंचा, जहां उसका अपमान हुआ। चन्द्रगुप्त उस समय राजा नंद के मयूरों और उद्यानों का रखवाला था। उसकी वीरता से नंद प्रसन्न हो गया और उसने उसे सेनापति बना दिया। कुछ दिन बाद वह उससे अप्रसन्न हो गया। यह देखकर चन्द्रगुप्त भाग गया और उसने पाटलिपुत्र में विप्लव करा दिया, जिसे राजा नंद ने कुचल दिया। चन्द्रगुप्त भागकर उत्तर-पश्चिम भारत में आ गया, जहां वह सिकन्दर से मिला, परंतु किसी बात पर उसका सिकन्दर से झगड़ा हो गया और वह फिर भाग निकला। बड़ी मुश्किल से चाणक्य और चन्द्रगुप्त ने विंध्य प्रदेश में डाकुओं को एकत्र करके सेना खड़ी की और पहले सीमाप्रांत के राज्यों को जीता तदनन्तर अंत में मगध पर शासन जमाया। लगभग बीस वर्ष बाद यवन सिल्यूकस निकाटोर ने भारत पर आक्रमण किया, जिसमें यवनों को चन्द्रगुप्त ने पराजित किया और बाख्त्री आदि प्रांतों को भी अपने साम्राज्य में मिला लिया। कुछ लोगों का मत है कि चाणक्य अंत में तपोवन में चला गया। आज के इतिहासज्ञों ने बहुत खोज-बीनकर इतने तथ्य पाए हैं। विशाखदत्त की इस कथा से इतना ही साम्य है कि चाणक्य का नंद ने अपमान किया था। चन्द्रगुप्त को चाणक्य ने गद्दी पर बिठाया, अपना बदला लिया।

राक्षस के विषय में इतिहास कुछ नहीं बोलता। शकटदास के बारे में भी विशेष कुछ नहीं आता। कुछ लोगों का मत है कि नंद का मंत्री वररुचि था। कुछ कहते हैं, कात्यायन था। जो हो, कथाएं बहुत बन जाती हैं और पुरानी घटनाओं को फटककर अलग कर लेना वस्तुतः असम्भव होता है। विशाखदत्त के समय में पुरानी कथा काफी चमत्कारों से लद गई थी। मौर्य का मुरा दासी का पुत्र हो जाना भी इतिहास की एक भूल ही कही जा सकती है, क्योंकि तब तक वृषल का अर्थ भूला जा चुका था। दासीपुत्र होने से उसे चाणक्य वृषल कहता था, ऐसी विशाखदत्त ने व्याख्या की है, क्योंकि मतानुसार चाणक्य निःस्पृह ब्राह्मण था और उसे न किसी की चिंता थी, न किसी का डर। किंतु यह विशाखदत्त के युग की व्याख्या मात्र है। चन्द्रगुप्त का वृषल नाम परम्परा में प्रचलित रहा होगा और बाद में उसे समझने की इस प्रकार चेष्टा की गई होगी। यदि प्रस्तुत

नाटक को चौथी-पांचवीं शती का भी माना जाए, तो भी जिस घटना का इसमें वर्णन है, वह नाटककार से लगभग सात या साढ़े सात सौ बरस पुरानी थी। जैसे आज कोई कवि या नाटककार गुलामवंश के बलवन या रज़िया के बारे में लिखे तो उनके इतिहास का जितना अभाव है, उससे कहीं अधिक विशाखदत्त के युग में था। राक्षस ऐतिहासिक पात्र था या नहीं, यह भी संदेहास्पद है। बृहत्कथा में वररुचि का उल्लेख है जिसकी एक राक्षस से मित्रता थी। राक्षस मनुष्य नहीं था। वह पाटलिपुत्र के पास घूमा करता था। वह एक रात वररुचि से मिला और बोला कि इस नगर में कौन-सी स्त्री सुंदरी है। वररुचि ने कहा—जो जिसको रुचे वही सुंदरी है—इस पर राक्षस ने उससे प्रसन्न होकर मित्रता कर ली और उसके राजकाज में सहायता करने लगा। इस कथा से कुछ भी पता नहीं चलता। यहां तो यह लगता है कि यदि कोई राक्षस नामक व्यक्ति उस समय था भी तो वह यहां तक आते-आते मनुष्य नहीं रहा था, नामसाम्य के कारण राक्षस हो गया था। विशाखदत्त के नाटक की ऐतिहासिकता इसीलिए प्रामाणिक नहीं है। परंतु प्रामाणिक यह है कि कवि अपने युग को घोर कलिकाल मानता था; उसने कहा भी है कि सच्ची मित्रता तब दुर्लभ थी। कवि क्षत्रिय था, विष्णु और शंकर का उपासक था, परंतु वह वैश्यों, ब्राह्मणों और बौद्धों तथा जैनों का भी विरोधी नहीं था। यह सहिष्णुता हमें गुप्तों के उत्कर्ष-काल में मिलती है। हमें विशाखदत्त को उसके बहुरूपों में न देखकर नाटकीय घात-प्रतिघातों में ही सीमित करके देखना चाहिए। जो भी कथा विशाखदत्त ने ली है, वह बहुत ही आकर्षक ढंग से हमारे सामने प्रस्तुत की गई है।

एक बात मुझे इस नाटक के बारे में विशेष महत्त्वपूर्ण लगी। वह यह है कि इसमें घटनाओं के उल्लेख का बाहुल्य है, और यह भी बातचीत में ही। अंकों में घटनाएं तीव्रता से नहीं चलतीं। कथा में 'अब क्या होगा' का कौतूहल अधिक है, वैसे कोई विशेषता नहीं।

पहले अंक में चाणक्य का चिंतन, शकटदास द्वारा पत्र लिखवाने की सलाह, सेनापतियों का भागना, शकटदास और सिद्धार्थक का भागना, चंदनदास का अडिग रहना आदि हैं। परंतु 'एक्शन' यानी कर्म बहुत कम है।

दूसरे अंक में राक्षस और विराधगुप्त का प्रायः संवाद ही संवाद है जिसमें सारी कथाएं दुहराई जाती हैं।

तीसरे अंक में चन्द्रगुप्त और चाणक्य की नकली लड़ाई हो जाती है।

चौथे अंक में मलयकेतु के मन में भागुरायण संदेह पैदा कर देता है।

पांचवें अंक में काफी रोचक घटनाएं हैं। नाटकीय ढंग भी यहीं अधिक

दिखाई देता है।

छठे अंक में कोई विशेषता नहीं। कुछ दया ज़रूर पैदा होती है।

सातवें अंक में भी 'एक्शन' बहुत कम ही है और सारे नाटक में यह कमी सबसे अधिक इसलिए खटकती है कि नाटक का नायक चन्द्रगुप्त पूरे नाटक में तीसरे और सातवें अंक में दिखाई देता है। तीसरे अंक भर में वह लज्जित होता है और सातवें में उसकी कोई विशेषता नहीं।

इसके विपरीत चाणक्य पहले, तीसरे और सातवें अंक में दिखाई पड़ता है। राक्षस दूसरे, चौथे, पांचवें, छठे अंकों में है। हम तो यही ठीक समझते हैं कि इस नाटक का नायक, जो शास्त्रीय विवेचनानुसार चन्द्रगुप्त माना जाता है, नाटक नहीं है। नायक तो चाणक्य है और प्रतिनायक है राक्षस, जो अन्त में पराजित हो जाता है। इस दृष्टिकोण से यह बहुत ही सफल नाटक है। इसे मानते ही हमें चरित्र-चित्रण का भी अभाव नहीं मिलता। तब तो अपने-आप हम नायक और प्रतिनायक की टक्कर ही नहीं, एक-दूसरे को ही सीधे या घूरकर, हर तरीके से सब पर छाया हुआ देखते हैं। स्त्री-पात्र का अभाव, प्रकृति-चित्रण का अभाव, इत्यादि कुछ भी नहीं अखरते। आज तक मुद्राराक्षस पुजा तो है, परंतु उन कारणों को किसी ने नहीं देखा, जो इसकी मूलशक्ति हैं। यह एक बुद्धि-प्रधान नाटक है। हृदय-पक्ष वाले अंश इसमें बहुत थोड़े हैं। परंतु बीच-बीच में उन्हें रखकर मर्म का स्पर्श किया गया है। इसमें जो संवेदना की कचोट पैदा होती है, वह पात्र की अपनी विशेष बात को बार-बार दुहराने से, जैसे बार-बार राक्षस और चन्दनदास स्वामिभक्ति और मित्र-वत्सलता की ही बात को कहे चले जाते हैं।

अंत में कह सकते हैं कि यह नाटक बहुत अच्छा नाटक है और इसमें एक विशेषता है कि आप इसे इतना सुगठित पाते हैं कि इसमें से आप एक वाक्य भी इधर से उधर सरलता से नहीं कर सकते। यदि कहीं अतीत का भावव्यंजक स्मरण ही है, तब भी वह वर्तमान की तुलना में उपस्थित किया गया है इसीलिए वह अनिवार्य है, उसे छोड़ा नहीं जा सकता, क्योंकि वह प्रवाह को तोड़ देता है।

और संस्कृत नाटकों की भांति एक समय यह भी खेला ही गया था। उस समय पर्दों का प्रयोग होता था। 'मुद्राराक्षस' में यवनिका—जल्दी गिरने वाले पर्दे—का भी उल्लेख हुआ है, किंतु सारे सेट नहीं बनते थे। सामाजिकों अर्थात् दर्शकों को काफी कल्पना से काम चलाना पड़ता था। हम इतना ही कह सकते हैं, कि बहुत थोड़े परिवर्तनों से दृश्य-विभाजन करके इस नाटक को बड़ी आसानी से खेला जा सकता है; जो इस विषय में दिलचस्पी रखते हैं, उन्हें अवश्य खेलना

चाहिए, क्योंकि संस्कृत नाटकों में नाटकीयता काफी मात्रा में प्राप्त होती है।

'मुद्राराक्षस' एक सामंत का लिखा हुआ नाटक है, किंतु यह इस बात का प्रमाण है कि कवि अपने वर्ग में सीमित नहीं रहता। वह दलित और व्यथित की वास्तविक मनोभावनाओं को अपने चरित्रों की मनोनुकूलन अवस्थाओं के माध्यम से निष्पक्ष अभिव्यक्ति देता है। वह राजा के उत्तरदायित्व की वास्तविकता भी दिखाता है, और राजनीतिग्रस्त मानवों की उलझनें भी। इसलिए कि यह नाटक अपनी अभिव्यक्तियों में सर्वतंत्रेण स्वतंत्र है, कला की दृष्टि से इसका मूल्य हमारी दृष्टि में काफी ऊंचा है।

'मुद्राराक्षस' प्रेम-कथा नहीं, समस्यात्मक कथा को लेकर चलता है और उसका अंत तक निर्वाह भी सफलता से करता है। संभवतः यही कारण है कि भारतेन्दु हरिश्चन्द्र ने हिंदी के नवयुग के उन्मेष में इसका महत्त्व प्रतिपादन करने के लिए इसका अनुवाद किया था।

मैंने अपने अनुवाद को प्रयत्न कर सहज बनाने की चेष्टा की है। यदि मैं इसमें सफल हो सका हूं, तो अवश्य ही अपने परिश्रम को भी सफल मानूंगा।

–रांगेय राघव

पात्र

चाणक्य : नन्दवंश-विनाशी ब्राह्मण, चन्द्रगुप्त का अमात्य
शार्ङ्गरव : उसका शिष्य
सिद्धार्थक : चाण्डाल का रूप भी धरता है, चाणक्य का चर है
चन्दनदास : श्रेष्ठि, राक्षस का मित्र
जीर्णविष (सपेरा) : राक्षस का आदमी है
विराधगुप्त
राक्षस : नंद का पुराना अमात्य, चन्द्रगुप्त का शत्रु, फिर अमात्य
कंचुकी जाजलि : मलयकेतु का कंचुकी
प्रियंवदक : पुरुष अर्थात् सेवक, राक्षस का सेवक
शकटदास : राक्षस का कायस्थ मुंशी
कंचुकी वैहीनरे : चन्द्रगुप्त का कंचुकी
राजा चन्द्रगुप्त : सम्राट् नंद का पुत्र
करभक : राक्षस का गुप्तचर
मलयकेतु : पर्वतेश्वर का पुत्र, चन्द्रगुप्त का शत्रु
भागुरायण : चन्द्रगुप्त का भृत्य
जीवसिद्धि : क्षपणक
भासुरक : एक सैनिक, मलयकेतु की सेना का भृत्य
सुसिद्धार्थक : चाण्डाल का रूप भी धरता है, सिद्धार्थक का मित्र
बालक : चन्दनदास का पुत्र
कुटुम्बिनी : चन्दनदास की पत्नी

चर, प्रतिहारी, अन्य प्रतिहारी, नेपथ्य में दो वैतालिक, दौवारिक, सैनिक, पुरुष आदि।

पहला अंक

नांदी

शंकर-शिर-स्थिर-गंगा विलोक
पूछा पार्वती ने : "हे प्रियतम!
यह कौन पूज्य इतनी है जो
सिर पर धारी है हे निरुपम!"
बोले : "शशिकला," सुना, बोली :
"क्या यही नाम है सच कहना!"
शिव बोले : "यह ही नाम प्रिये,
क्या भूल गईं इतना मिलना?"
"मैं तो नारी के बारे में था पूछ रहा
न कि इस शशि के,"
"मानतीं नहीं यदि, तो पूछो
'विजया' से कह देगी सब रे।'
यह कह जो पार्वती से गंगा
की बात छिपाते हैं शंकर
उनकी यह सूक्ष्म चतुरता ही
सबका कल्याण करे सत्वर!

और भी–

धंस जाए न धरती, इस शंका से
धरते पग अपने जो संभाल,
रक्षा दिगंत की करते जो

संकुचित किए निज भुज-विशाल
हो जाए न त्रिभुवन भस्म, खोलते
नहीं इसलिए दृग तृतीय,
त्रिपुरारि जटी का अस्वतंत्र
ताण्डव कराल वह अद्वितीय
सबका कल्याण करे युग-युग
है यही कामना बार-बार,
डमरू-निनाद परिवर्तित हो
चिर सुख में धरती पर उदार।

सूत्रधार : बस! बस! इतना ही काफी है। मुझे परिषद् ने आज्ञा दी है कि सामंत बटेश्वरदत्त के पौत्र 'महाराज' पद युक्त पृथु के पुत्र कवि विशाखदत्त की कृति मुद्राराक्षस नामक नाटक खेलूं। सचाई तो यह है कि नाटक के गुण-दोष जानने वाली इस सभा में नाटक खेलते हुए मुझे भी मन में बड़ा संतोष हो रहा है। अच्छे खेत में किसानी से अनजान किसान का डाला हुआ बीज भी बढ़ता है। उगने के लिए बीज बोने वाले की चिंता नहीं करता। इसलिए मैं घरवाली और घर के लोगों को बुलाकर गाने-बजाने का काम शुरू करता हूं।

(घूमकर देखकर) घर आ गया, चलूं।

(प्रवेश कर देखकर) अरे! आज घर में कोई उत्सव है? सब अपने-अपने काम से लगे हैं। कोई स्त्री जल ला रही है, कोई सुगंधित वस्तुओं को पीस रही है, कोई माला गूंथ रही है तो किसी की हुंकारें मूसल की आवाज़ में मिली जा रही हैं। घरवाली को बुलाकर पूछूं। (नेपथ्य की ओर देखकर) अरी सुघर घरवाली! दुनियादारी की बुनियाद तू ही तो है। धर्म-अर्थ-काम को तू ही तो सिद्ध करती है! मेरे घर की नीति का स्वरूप बनी डोलती है। मेरी प्रिये! ज़रा जल्दी बाहर तो आ!

नटी : *(प्रवेश कर)* आर्यपुत्र! मैं आ गई। आज्ञा दें, कृतार्थ होऊं।

सूत्रधार : रहने दे आज्ञा! यह बता कि क्या तूने ही पूज्य ब्राह्मणों को निमंत्रण देकर घरवालों को उबार लिया है? या ये अपने-आप आए हैं

यहां? खाना तो ज़ोरों से बन रहा है, उन्हीं के लिए न?

नटी : आर्य! मैंने ही निमंत्रित किया है।

सूत्रधार : भला क्यों?

नटी : आज चन्द्रग्रहण है न?

सूत्रधार : किसने कहा?

नटी : सारे नगरवासी कह रहे हैं!

सूत्रधार : आर्ये! मैंने चौंसठ अंगों वाले ज्योतिष-शास्त्र को बड़ी मेहनत से और गहराई से पढ़ा है। खैर, ब्राह्मणों के लिए भोजन तो बनाओ। पर चन्द्रग्रहण कहकर कोई तुम्हें बहका गया है। देखो—यह भयानक राहु अपूर्ण चन्द्र को बलपूर्वक ग्रसना चाहता है...

[नेपथ्य में : अरे मेरे जीवित रहते कौन चन्द्रगुप्त का ज़बर्दस्ती अपमान करना चाहता है?]

सूत्रधार : *(बात पूरी करता हुआ)* लेकिन बुध ग्रह का योग ग्रसे जाते हुए चन्द्रमा की रक्षा करता है।

नटी : वह तो आर्य! आकाश में रहने वाले चन्द्रमा की राहु से रक्षा करना चाहता है।

सूत्रधार : आर्ये! मैं नहीं जानता, जाने कौन है? ठहर! आवाज़ से पहचानने की चेष्टा करता हूं। *(जोर से)* अरे देखो, देखो, भयावह राहु बलपूर्वक अधूरे चन्द्र को ग्रस लेना चाहता है!

[नेपथ्य में : अरे-अरे! मेरे रहते हुए चन्द्रगुप्त का कौन बलपूर्वक अपमान करना चाहता है?]

सूत्रधार : *(सुनकर)* लो समझ गया! कौटिल्य हैं!

[यह सुनते ही नटी डर जाती है।]

सूत्रधार : यह वही कुटिलबुद्धि कौटिल्य है जिसने अपने क्रोध की अग्नि से सारे नंदवंश को ही जबरन भस्म कर दिया। चन्द्रग्रहण शब्दों को सुनकर उसे यह संदेह हो गया है कि कोई शत्रु चन्द्रगुप्त पर आक्रमण न कर दे। नाम एक-से हैं, इसी से। इसलिए अब यहां से चलना ही ठीक है।

[दोनों का प्रस्थान]

[प्रस्तावना समाप्त]

[खुली हुई चुटिया को छूते हुए चाणक्य का प्रवेश]

चाणक्य : कौन है जो मेरे जीते-जी बल प्रयोग करके चन्द्रगुप्त का अपमान करना चाहता है? कौन है जो जम्हाई लेते मुंह फुलाए सिंह के मुख में से हाथियों का लहू पी-पीकर संध्या के चंद्र की कलाओं की-सी लाल-लाल दाढ़ को बलपूर्वक उखाड़ने का साहस रखता है? नन्दकुल के लिए नागिन बनी हुई, क्रोधाग्नि की चंचल धूम रेखा की-सी मेरी इस शिखा को आज भी बंधने से रोक रहा है? मैंने नंदवंश को समूल नष्ट किया है। मेरा प्रदीप्त प्रताप दावानल की तरह धधक रहा है। कौन है जो उसका तिरस्कार करके अपने-पराए का ज्ञान खोकर, इस प्रचंड अग्नि में पतंगे की तरह भस्म हो जाना चाहता है? शार्ङ्गरव! शार्ङ्गरव!!

शिष्य : *(प्रवेश कर)* गुरुदेव! आज्ञा दें!

चाणक्य : वत्स! बैठना चाहता हूं।

शिष्य : गुरुदेव! इस द्वार के पास वाले प्रकोष्ठ में बेंत का आसन है, आप वहीं बैठिए न?

चाणक्य : वत्स! इतना काम है कि बार-बार तुम्हें कष्ट देना पड़ता है। मत समझना कि तुम पर कठोरता करता हूं। (बैठकर स्वगत) नगरवासियों में यह बात कैसे फैल गई कि नंदवंश के विनाश से विक्षुब्ध हुआ राक्षस अब पिता की मृत्यु से क्रुद्ध और सारे ही नंदराज्य को पाने की तीव्र इच्छा के उत्साह से भरे हुए पर्वतेश्वर के पुत्र मलयकेतु से मिलकर इस चेष्टा में है कि मलयकेतु के द्वारा उपगृहीत महान म्लेच्छराज को भी साथ लेकर चन्द्रगुप्त पर आक्रमण कर दे! *(सोचकर)* मैंने सारी प्रजा के सामने प्रतिज्ञा की और नंदवंश-विनाश की प्रतिज्ञारूपी नदी को तैरकर पार कर लिया, तो क्या वही मैं इस प्रवाद को शांत नहीं कर सकूंगा? मेरी क्रोधाग्नि ऐसी भयानक है कि वह शोक का धुआं फैलाकर, शत्रु-रमणियों की-सी दिशाओं के मुखचन्द्रों को म्लान बना चुकी है। मंत्रीरूपी वृक्षों पर अपने नीतिरूपी पवन से अविवेक की भस्म फैलाकर, वह नागरिकों और ब्राह्मणों को छोड़कर, नंदकुल के सारे अंकुरों को भी भस्म कर चुकी है। अब जलाने को कुछ नहीं रहा। क्या इसीलिए मेरी क्रोधाग्नि दावानल की तरह शांत हो रही है?

जिन्होंने एक दिन नंद के भय से सिर झुकाकर, उसको मन ही मन धिक्कारते हुए शोक से भरकर, मुझ जैसे श्रेष्ठ ब्राह्मण को आसन से उठाए जाने का अपमान देखा था, आज वे वैसे ही पर्वत पर से सिंह द्वारा गिराए हाथी की तरह सारे कुटुम्ब के साथ नंद को सिंहासन से उतरा हुआ देख रहे हैं! मैं प्रतिज्ञा के भार से मुक्त हो चुका हूं किंतु चन्द्रगुप्त के आग्रह पर अब भी शस्त्र धारण कर रहा हूं। पृथ्वी पर रोगों की तरह फैले नवनंदों को मैंने उखाड़कर फेंक दिया। जैसे सरोवर में कमलनाल होता है, वैसे ही मैंने चन्द्रगुप्त की राज्यलक्ष्मी को बहुत दिनों के लिए स्थिर कर दिया। मैंने उद्यत मन से क्रोध और स्नेह के गूढ़ तत्त्वों को शत्रु और मित्रों में बांटकर फैला दिया है। लेकिन राक्षस को पकड़े बिना क्या बिगाड़ा है मैंने नंदवंश का? उसके रहते मैंने चन्द्रगुप्त की राज्यश्री क्या सचमुच स्थिर कर दी है? राक्षस को अब भी नंदवंश के प्रति अत्यंत स्नेह है। एक भी नंदवंशीय आदमी के जीते-जी उसे चंद्रगुप्त का मंत्री बनाना बड़ा कठिन है। मैं नंदवंशीय व्यक्ति को तो राजा नहीं बना सकता, हां, राक्षस को पकड़ सकता हूं। यही सोचकर मैंने तपोवन में तपस्या में लगे नंदवंश के आखिरी निशान सर्वार्थसिद्धि को भी मरवा डाला है। फिर भी राक्षस अब मलयकेतु की मदद लेकर हमें उखाड़ देने में लगा हुआ है। *(आकाश में देखकर जैसे प्रत्यक्ष देख रहा हो)* अमात्यश्रेष्ठ राक्षस! तुम धन्य हो! मंत्रियों में बृहस्पति की भांति बुद्धिमान! तुम धन्य हो! संसारी लोग तो धन के लोभ से स्वामी की सेवा करते हैं। वे तो उसकी विपत्ति में भी साथ देते हैं तो उसकी उन्नति में अपना लाभ देखकर। किंतु जो स्वामी के मारे जाने के बाद भी पुराने उपकारों को याद करके श्रद्धा से उसके काम को चलाता है, ऐसा तुम जैसा आदमी तो दुनिया में मिलना भी कठिन है। इसीलिए तो तुम्हें साथ रखने के लिए मेरा यह प्रयत्न हो रहा है। अब तुम्हें कैसे चन्द्रगुप्त का मंत्रीपद ग्रहण कराऊं, जिससे मेरा प्रयत्न कृतार्थ हो। क्योंकि उस स्वामिभक्त सेवक से क्या लाभ जो मूर्ख और निर्बल हो। और उस बली और बुद्धिमान सेवक से भी क्या लाभ, जिसमें स्वामी के प्रति कोई भक्ति नहीं

होती! बल, बुद्धि और स्वामिभक्ति जिसमें तीनों हों, जो स्वामी के सुख-दुःख में साथ रहे, वही असली सेवक है, वरना फिर उसकी तो स्त्रियों की भांति उलटे रक्षा ही करनी पड़ती है और मैं इस बारे में सो नहीं रहा हूं। उसे पकड़ने के लिए अपनी पूरी सामर्थ्य लगा रहा हूं। "चन्द्रगुप्त और पर्वतेश्वर—इन दो में से किसी एक के मरने से चाणक्य का नुकसान होता है, इसीलिए तो राक्षस ने मेरे परम मित्र पर्वतेश्वर को विषकन्या[1] के द्वारा मरवा डाला है।" मैंने यह समाचार जनता में फैला दिया है। जनता को विश्वास दिलाया है कि मलयकेतु के पिता को राक्षस ने मारा है। एकांत में भय दिखाकर भागुरायण के साथ मलयकेतु को भगा दिया है। राक्षस की नीति पर टिककर युद्ध-तत्पर मलयकेतु को मैं अपनी बुद्धि से पकड़ सकता हूं। पर उसके पकड़ने से पर्वतेश्वर के वध का कलंक तो नहीं मिट सकता। मैंने अपने पक्ष और विपक्ष के होने वाले लोगों के बारे में जानकारी प्राप्त करने को अनेक आचार-विचार और भाषा जानने वाले चरों को नियुक्त कर दिया है। मेरे गुप्तचर कुसुमपुर निवासी नंद के मंत्रियों के मित्रों की हर एक चाल को ध्यान से देख रहे हैं। चन्द्रगुप्त का साथ देने वाले भद्रभट आदि प्रधान पुरुषों को खूब धन दे-देकर तरह-तरह से अपनी ओर कर लिया है। शत्रु कहीं विष न दे दें, इसलिए अच्छी जांच वाले, होशियार आदमी मैंने राजा के पास रख दिए हैं। मेरा सहाध्यायी[2] विष्णु शर्मा तो शुक्रनीति और चौंसठ अंग वाले ज्योतिषशास्त्र का पंडित है। नन्दवध की प्रतिज्ञा करके मैंने ही उसे भिक्षुवेश में ले जाकर सब मंत्रियों से कुसुमपुर में उसकी मित्रता करा दी थी। राक्षस को तो उसमें विशेष विश्वास है। इससे बड़ा काम निकलेगा। बात तो कोई न छूटेगी। चन्द्रगुप्त तो केवल प्रधान पुरुष है। सब राजकार्य हम पर ही छोड़कर

---

1. ज़हर दे; देकर बचपन से पाली गई लड़की, जिसके शरीर में इतना विष हो जाता था कि उसके एक चुंबन से ही आदमी मर जाता था। ऐसी विषकन्याएं सुंदरी होती थीं। राजा एक दूसरे को मरवाने को ऐसी कन्याएं भेज देते थे, जिसके चुंबन से शत्रु मर जाते थे।
2. साथ पढ़ा हुआ।

उदासीन है या करने लायक कामों में तत्परता छोड़कर अब राज के सुख भोगने में लग गया है! सच है। स्वभाव से बली राजा और हाथी दोनों ही अपने कमाए राज्य या भोजन को पाने पर, थक जाने से बस उसे भोगते हुए थकान का ही अनुभव किया करते हैं।

[यमपट लिए चर का प्रवेश]

चर : यम भगवान् के चरणों की वंदना करो! दूसरे देवताओं की पूजा से लाभ भी क्या? यह यमराज तो दूसरे देवताओं के तड़पते भक्तों को यों ही मार डालते हैं। इन विषम यमराज की भक्ति से ही जीवन मिलता है। वे सबके संहारक हैं और हम भी उन्हीं की दया से जीवित हैं। अब मैं इस यमपट को दिखाकर गाऊं! (घूमता है)

शिष्य : *(देखकर)* भद्र! भीतर मत घुसो।

चर : अरे ब्राह्मण! यह किसका घर है?

शिष्य : यह हमारे उपाध्याय आर्य चाणक्य का मकान है।

चर : *(हंसकर)* अरे ब्राह्मण! तब तो यह अपने भाई का ही घर है। मुझे भीतर जाने दो ताकि तुम्हारे उपाध्याय को धर्मोपदेश दे सकूं।

शिष्य : *(क्रोध से)* मूर्ख! तू मेरे गुरु से भी धर्म को अधिक जानता है?

चर : अरे ब्राह्मण! क्रुद्ध क्यों होते हो? सब लोग सारी बातें नहीं जानते। अगर कुछ तुम्हारे गुरु जानते हैं, तो कुछ हम भी जानते हैं।

शिष्य : *(क्रोध से)* तो क्या तू मूर्ख! हमारे उपाध्याय के 'सब कुछ जानने वाले' नाम को मिटाने आया है?

चर : ब्राह्मण! यदि तुम्हारे आचार्य सब कुछ जानते हैं तो क्या वे यह भी जानते हैं कि चन्द्रमा किसे अच्छा नहीं लगता?

शिष्य : इसे जानने से उन्हें मतलब?

चर : ब्राह्मण! यह तो वे ही जानेंगे कि इससे क्या लाभ है! तुम तो सरल बुद्धि हो और यही जान सकते हो कि कमलों को चन्द्र अच्छा नहीं लगता। होते हैं कमल बहुत सुन्दर, परंतु काम उनका होता है उलटा। पूर्ण चन्द्र को देखकर वे मुरझा जाते हैं।

चाणक्य : *(सुनकर स्वगत)* अरे! इसने कहा कि मैं चन्द्रगुप्त का विरोध करने वालों को जानता हूं?

शिष्य : मूर्ख! क्या बेकार की बातें बक रहा है।

चर : ब्राह्मण! जो मेरी बात बिलकुल ठीक ही हो तो?

शिष्य : कैसे?

चर : यदि मैं सुनने और समझने वाले मनुष्य को पा सकूं।

चाणक्य : *(देखकर)* भद्र! सुख से प्रवेश करो। यहां सुनने और जानने वाला मिलेगा।

चर : अभी आता हूं। *(प्रवेश करके पास जा कर)* आर्य की जय!

चाणक्य : *(देखकर स्वगत)* इतने अधिक काम के कारण यह भी याद नहीं आ रहा है कि मैंने इसे क्यों भेजा था। (सोचकर) हां, याद आया। इसे तो जनता की मनोवृत्ति का पता लगाने भेजा गया था। *(प्रकट)* भद्र! स्वागत है, बैठो।

चर : जैसी आर्य की आज्ञा। *(भूमि पर बैठता है।)*

चाणक्य : भद्र! अब बताओ, जिसलिए भेजे गए थे, उसके बारे में क्या संवाद लाए हो! क्या वृषल[1] में जनता अनुरक्त है?

चर : हां आर्य! आपने जनता की विरक्ति के सारे कारण मिटा दिए हैं, इसलिए उसे तो चन्द्रगुप्त से बहुत स्नेह है, परंतु नगर में राक्षस से बहुत स्नेह करने वाले तीन व्यक्ति हैं, जो चन्द्र-वैभव को नहीं सह पाते।

चाणक्य : *(क्रोध से)* यों कहो कि वे अपने प्राणों का शरीर में रहना नहीं सह पाते। भद्र! उनके नामों का पता है?

चर : क्या बिना नाम जाने आपसे कह सकता हूं?

चाणक्य : तो कहो।

चर : आर्य! पहले तो वही भिक्षु है जो आपके विपक्ष में है।

चाणक्य : *(प्रसन्नता से स्वगत)* क्षपणक हमारे विरुद्ध है? *(प्रकट)* क्या नाम है उसका?

चर : जीवसिद्धि।

चाणक्य : तुमने यह कैसे जाना कि वह हमारे विरुद्ध है?

---

1. वृषल—घटिया माने जाने वाले क्षत्रिय को वृषल कहते हैं। चन्द्रगुप्त अच्छे ब्राह्मणधर्मी क्षत्रिय कुल का न था, वह उन क्षत्रियों में था, जो ब्राह्मणधर्म को प्रमुखता नहीं देते थे। किंतु प्रस्तुत नाटक में उसे दासी पुत्र मानने के कारण ऐसा कहा है।

चर : इसलिए कि उसने राक्षस-प्रयुक्त विषकन्या पर्वतेश्वर के पास भेज दी।

चाणक्य : *(स्वगत)* जीवसिद्धि तो हमारा गुप्तचर है। *(प्रकट)* भद्र! दूसरा कौन है?

चर : दूसरा अमात्य राक्षस का परम मित्र शकटदास कायस्थ है।

चाणक्य : *(स्वगत, हंसकर)* कायस्थ तो दुर्बल वस्तु है। परंतु शत्रु कैसा भी छोटा हो, उसे कम नहीं समझना चाहिए। उसके लिए तो मैंने मित्र बनाकर सिद्धार्थक को लगा दिया है। *(प्रकट)* भद्र! तीसरा कौन है?

चर : आर्य! तीसरा तो मानो स्वयं दूसरा राक्षस ही है। मणियों का व्यापारी चन्दनदास। उसी के घर अपनी स्त्री और बच्चों को राक्षस धरोहर के रूप में रखकर भाग गया है।

चाणक्य : *(स्वगत)* अवश्य ही गहरी मित्रता में ही ऐसा हो सकता है। वरना क्या परिवार को वहां रखता? *(प्रकट)* भद्र! यह तुमने कैसे जाना?

चर : आर्य! यह अंगूठी *(मुद्रा)* आपको बता देगी।

[मुद्रा देता है।]

चाणक्य : *(मुद्रा देखकर, राक्षस का नाम पढ़कर, बड़ी प्रसन्नता से स्वगत)* बस, अब राक्षस मेरे पंजे में आ गया। *(प्रकट)* भद्र! यह मुद्रा कैसे मिली, पूरी बात कहो।

चर : आर्य! सुनिए! जब आपने मुझे नागरिकों की मनोवृत्ति जानने को भेजा, तो दूसरों के घर जाने से किसी को किसी तरह का संदेह न हो, इसलिए मैं इस यमपट को लेकर घूमता हुआ मणिकार श्रेष्ठि चन्दनदास के घर में घुसा और वहां यमपट फैलाकर मैंने गाना शुरू कर दिया।

चाणक्य : फिर?

चर : तब लगभग पांच वर्ष का एक बहुत सुंदर बालक उत्सुकता से, बच्चा ही तो था, पर्दे के पीछे से बाहर निकलने लगा। तब, 'अरे बालक निकल गया', 'बालक निकल गया', पर्दे के पीछे यह घोर कोलाहल मच उठा। तब एक स्त्री ने थोड़ा-सा मुंह निकालकर अपनी कोमल बाहु से बालक को झिड़ककर पकड़ लिया। उस घबराहट में उस स्त्री के हाथ से यह अंगूठी सरककर देहली के पास गिर गई, क्योंकि यह तो पुरुष के नाम की ठहरी। स्त्री को बिना पता चले ही यह अंगूठी लुढ़ककर मेरे पास ऐसे रुक गई

जैसे नई दुल्हन प्रणाम करके स्थिर हो गई हो। इस पर अमात्य राक्षस का नाम था, सो मैं इसे आर्य के चरणों में ले आया। यही है इसके मिलने की कथा।

चाणक्य : भद्र! सुन लिया। अब तुम जाओ। इस परिश्रम का फल तुम्हें अवश्य मिलेगा।

चर : जैसी आर्य की आज्ञा। *(प्रस्थान)*

चाणक्य : शार्ङ्गरव!

शिष्य : *(प्रवेश करके)* आज्ञा दें उपाध्याय!

चाणक्य : वत्स! दवात और लिखने को पत्र[1] लाओ।

शिष्य : जैसी गुरुदेव की आज्ञा। (प्रस्थान करके फिर प्रवेश) गुरुदेव! यह रहे दवात और पत्र।

चाणक्य : *(लेकर स्वगत)* क्या लिखूं! इसी पत्र से तो राक्षस को जीतना है।

प्रतिहारी : *(प्रवेश कर)* आर्य की जय!

चाणक्य : *(सहर्ष, स्वगत)* जय शब्द ले लूं। *(प्रकट)* शोणोत्तरे! क्यों आई हो?

प्रतिहारी : आर्य! अपने कर-कमलों से प्रणाम करते हुए देव चन्द्रगुप्त आपसे निवेदन करते हैं कि मैं आपकी आज्ञा से देव पर्वतेश्वर का श्राद्ध आदि करना तथा उनके पहने हुए आभूषणों को गुणवान् ब्राह्मणों को देना चाहता हूं।

चाणक्य : *(प्रसन्न होकर स्वगत)* साधु वृषल! मेरे ही मन से जैसे सलाह करके तुमने यह संदेश भेजा है। *(प्रकट)* शोणोत्तरे! मेरी ओर से वृषल से कहना कि—वत्स, तुम धन्य हो! लोक-व्यवहार में तुम बहुत कुशल हो। जो तुमने निश्चय किया है उसे अवश्य करो। परंतु पर्वतेश्वर के पहने आभूषण केवल गुणवान् ब्राह्मणों को ही देने चाहिए। ऐसे ब्राह्मणों को भेजता हूं जिनके गुणों की परीक्षा हो चुकी है।

प्रतिहारी : जैसी आर्य की आज्ञा। *(प्रस्थान)*

चाणक्य : शार्ङ्गरव! शर्ङ्गरव! मेरी ओर से विश्वावसु आदि तीनों भाइयों से कहो कि वे चन्द्रगुप्त से आभूषण लेकर मुझसे मिलें।

---

1. पत्र—ताड़ का पत्ता : जिसपर पुराने समय में लिखा जाता था। पर बहुत-से लोग इसे कागज ही मानते हैं। उन दिनों वैसा कागज़ था ही नहीं।

शिष्य : जैसी गुरु-आज्ञा। *(प्रस्थान)*

चाणक्य : *(स्वगत)* यह जय तो बाद के हिस्से में जंचेगी। पहले क्या लिखूं? *(सोचकर)* समझा। गुप्तचरों ने मुझे बताया है कि म्लेच्छराज की सेना के पांच प्रधान राजा बड़ी श्रद्धा से राक्षस का साथ दे रहे हैं। वे हैं, कुलूत देश का स्वामी चित्रवर्मा, मलयराज नरश्रेष्ठ सिंधुराज सिंधुषेण और पारसीक नृपति मेघाक्ष, जिसके पास बड़ी घुड़सवार सेना है। मैं इनके नाम लिखता हूं। अब यह ध्रुव सत्य है कि केवल यमराज के प्रधान लेखक चित्रगुप्त ही अपनी सूची से इनका नाम काट दें।[1] *(सोचकर)* नहीं, अभी नहीं लिखूंगा। इस बात को छिपा ही रहना चाहिए। *(प्रकट)* शार्ङ्गरव! शर्ङ्गरव!

शिष्य : *(प्रवेश कर)* उपाध्याय! आज्ञा दें।

चाणक्य : वेद पढ़ने वाले पण्डित चाहे कितनी भी सावधानी से क्यों न लिखें, उनके लिखे अक्षर साफ नहीं होते। इसलिए मेरी ओर से सिद्धार्थक से कहना (कान में कहता है), 'किसी ने किसी को कुछ लिखा' बस, लिखने वाले का कोई नाम न लिखवाना। शकटदास कायस्थ से लिखवा देना और मेरे पास ले आना। यह किसी से न कहना कि इसे चाणक्य ने लिखवाया है।

शिष्य : अच्छी बात है। *(प्रस्थान)*

चाणक्य : *(स्वगत)* यह लो। मलयकेतु को जीत लिया।

सिद्धार्थक : *(लेख हाथ में लिए प्रवेश)* आर्य की जय हो! आर्य! लीजिए! यह शकटदास के हाथ से लिखा लेख है।

चाणक्य : *(लेकर देखकर)* अरे! कितने सुन्दर अक्षर लिखता है। (पढ़कर) भद्र! इस पर मुहर लगाकर बंद कर दे।

सिद्धार्थक : जैसी आर्य की आज्ञा। *(मुद्रित करके)* आर्य! कर दिया। अब आज्ञा दें। क्या सेवा करूं?

चाणक्य : भद्र! कोई ऐसा काम तुम्हें देना चाहता हूं जो स्वयं मेरे हाथों के योग्य है।

सिद्धार्थक : *(सहर्ष)* आर्य! कृत्यकृत्य हुआ। आज्ञा दें, सेवक प्रस्तुत है।

चाणक्य : भद्र! सबसे पहले सूली देने की जगह जाकर वहां के जल्लादों को दाहिनी आंख का इशारा करना। फिर संकेत समझकर भय के बहाने से जब वे भाग जाएं तब वहां से शकटदास को राक्षस

---

1. यानी यहीं हमने मौत की सूची में नाम लिख दिया।

के पास ले जाना। उसके मित्र के प्राण बचाने के लिए उससे काफी इनाम लेकर कुछ दिन वहीं रहना और अंत में शत्रुओं के पास रहते हुए यह काम कर डालना, *(कान में कहता है)* समझे?

सिद्धार्थक : जैसी आज्ञा, आर्य!

चाणक्य : शार्ङ्गरव! शार्ङ्गरव!

शिष्य : *(प्रवेश कर)* उपाध्याय! आज्ञा दें।

चाणक्य : मेरी आज्ञा से कालपाशिक और दण्डपाशिक[1] से कहो कि वृषल की आज्ञा है कि इस जीवसिद्धि क्षपणक ने राक्षस की भेजी विषकन्या द्वारा पर्वतेश्वर को मार डाला है। इसलिए इसे यही दोष लगाकर अपमानपूर्वक नगर से बाहर निकाल दो।

शिष्य : अच्छा गुरुदेव! *(घूमता है)*

चाणक्य : ठहर! वत्स! ठहर इस राक्षस के मित्र शकटदास को भी इसी दोष से सूली दे दी जाए, वह नित्य हमारा विरोध करता है। इसके घर के लोगों को बंदीगृह में डाल दिया जाए।

शिष्य : जैसी आज्ञा गुरुदेव! *(प्रस्थान)*

चाणक्य : *(चिंता से स्वगत)* क्या दुरात्मा राक्षस अब पकड़ में आ जाएगा?

सिद्धार्थक : आर्य, पकड़ लिया।

चाणक्य : *(सहर्ष स्वगत)* राक्षस को पकड़ लिया! *(प्रकट)* भद्र! किसे पकड़ लिया!

सिद्धार्थक : मैंने आर्य के संदेश के तत्त्व को पकड़ लिया। अब कार्यसिद्धि के लिए जाता हूं।

चाणक्य : *(मुहर-लगा लेख देकर)* भद्र! सिद्धार्थक! जाओ! तुम्हारा कार्य सफल हो!

सिद्धार्थक : जैसी आर्य की आज्ञा। *(प्रणाम करके प्रस्थान)*

शिष्य : *(प्रवेश कर)* उपाध्याय! कालपाशिक और दण्डपाशिक ने खबर दी है कि हम महाराज चन्द्रगुप्त की आज्ञा का पालन अभी करते हैं।

चाणक्य : सुन्दर! वत्स! अब मैं मणिकार चन्दनदास को देखना चाहता हूं।

शिष्य : जैसी गुरु की आज्ञा।

[प्रस्थान। फिर चन्दनदास के साथ प्रवेश]

इधर आइए श्रेष्ठि[1] इधर!

---

1. अफसर।

चंदनदास : *(स्वगत)* निरपराध व्यक्ति भी इस करुणाहीन चाणक्य के बुलाने पर डरता है, फिर मैं तो अपराधी ही ठहरा। मैंने तो तभी धनसेन आदि तोनों व्यापारियों से कह दिया है कि यदि कभी दुष्ट चाणक्य मेरे घर की तलाशी लेने लगे तो स्वामी अमात्य राक्षस के कुटुम्ब को बुद्धिपूर्वक कहीं छिपा देना। मेरा जो हो वह होता रहेगा।

शिष्य : इधर श्रेष्ठि! इधर!

चंदनदास : आ रहा हूं।

[दोनों घूमते हैं :]

शिष्य : उपाध्याय! ये श्रेष्ठि चंदनदास आ गए हैं।

चंदनदास : *(पास आकर)* आर्य की जय!

शिष्य : *(अचानक देखकर)* श्रेष्ठि, स्वागत! इस आसन पर विराजें।

चंदनदास : *(प्रणाम कर)* क्या आप नहीं जानते आर्य, कि अनुचित आदर अपमान से भी अधिक दुःख देने वाला होता है। मैं तो अपने लिए उचित इस धरती पर ही बैठ जाता हूं।

चाणक्य : नहीं श्रेष्ठि! ऐसा नहीं! आपके साथ हमारा ऐसा ही व्यवहार उचित है। आसन पर ही बैठें।

चंदनदास : *(स्वगत)* लगता है कि इसने मेरे बारे में कुछ जान लिया है। *(प्रकट)* जो आज्ञा। *(बैठता है।)*

चाणक्य : श्रेष्ठि! क्या कभी चन्द्रगुप्त के दोष प्रजा को पहले राजाओं की याद दिलाते हैं?

चंदनदास : *(कानों पर हाथ रखकर)* पाप शांत हो। शरद् ऋतु की पूर्णिमा के चन्द्र के समान चन्द्रगुप्त की श्री से सभी अत्यंत संतुष्ट हैं।

चाणक्य : चंदनदास! यदि इतनी प्रीति है तो राजा भी अपनी प्रजा से कुछ प्रिय चाहते हैं।

चंदनदास : आज्ञा दें आर्य! हमसे कितना धन चाहते हैं?

चाणक्य : श्रेष्ठि! यह चन्द्रगुप्त का राज्य है, नंदराज्य नहीं है, क्योंकि नंद की तो धनलाभ से ही तृप्ति हो जाती थी, परंतु चन्द्रगुप्त तभी प्रसन्न होते हैं, जब आप लोग सुखी रहते हैं।

चंदनदास : *(सहर्ष)* अनुगृहीत हूं आर्य!

चाणक्य : श्रेष्ठि! आपने मुझसे यह नहीं पूछा कि वह क्लेश कैसे दूर हो सकता है!

चंदनदास : आर्य ही आज्ञा दें।

चाणक्य : संक्षेप में यही है कि प्रजा को राजा के प्रति विरोधपूर्ण व्यवहार नहीं करना चाहिए।

चंदनदास : आर्य! आप ऐसा किस अभागे के बारे में कह रहे हैं?

चाणक्य : सबसे पहले आपसे ही।

चंदनदास : *(कानों पर हाथ रखकर)* पाप शांत हो, पाप शांत हो! तिनके, और आग का विरोध करें?

चाणक्य : ऐसा विरोध कि आज भी तुम राजद्रोही अमात्य राक्षस के कुटुम्ब को अपने घर में छिपाए हुए हो।

चंदनदास : यह बिलकुल असत्य है आर्य! किसी अनार्य[1] ने आपसे ऐसा कहा है।

चाणक्य : श्रेष्ठि! डरो मत! डरे हुए पुराने राजपुरुष अपने परिवार को अपने पुराने नगरवासी मित्रों के घर छोड़ जाया करते हैं, भले ही वे नगरवासी इसे न चाहते हों। लेकिन जानते हो, उन्हें छिपाकर रखने से अंत में हानि होती है!

चंदनदास : बात यह है कि पहले तो मेरे घर में अमात्य राक्षस का परिवार था।

चाणक्य : पहले तो तुमने मेरी बात को झूठ कहा और अब कहते हो, पहले था। क्या ये दोनों बातें परस्पर विरोधी नहीं हैं?

चंदनदास : वह तो मेरी वाणी का दोष है।

चाणक्य : श्रेष्ठि! चन्द्रगुप्त के राज्य में छल के लिए स्थान नहीं है। राक्षस के परिवार को हमारे हवाले करो और निर्दोष हो जाओ।

चंदनदास : आर्य! मैं कहता तो हूं कि पहले अमात्य राक्षस का कुटुम्ब मेरे घर पर था।

चाणक्य : तो अब कहां है?

चंदनदास : यह तो पता नहीं कि कहां चला गया।

चाणक्य : *(मुस्कराकर)* पता क्यों नहीं है? श्रेष्ठि! सांप सिर पर है, उससे बचने का उपाय बहुत दूर है और जैसे नंद को विष्णुगुप्त ने... *(इतना कहकर कुछ संकोच से लज्जित-सा चुप रह जाता है।)*

चंदनदास : *(स्वगत)* यह क्या मुसीबत है! ऊपर मेघों का भीषण गर्जन हो रहा है। प्रिया दूर है। दिव्य औषधियां तो हिमालय पर हैं और यहां पर सर्प सिर पर डोल रहा है।

---

1. झूठा—जो श्रेष्ठ नहीं है।

चाणक्य : अमात्य राक्षस चन्द्रगुप्त को जड़ से उखाड़ देगा, यह मत समझो। देखो! जिस चंचला राज्यलक्ष्मी को नंद के जीवित रहने पर नीतिज्ञों में श्रेष्ठ अमात्य-श्रेष्ठ वक्रनास भी स्थिर नहीं कर सके, उसी उज्ज्वला, लोकहर्षदायिनी और निश्चला राज्यलक्ष्मी को इस चन्द्रगुप्त जैसे चन्द्रमा से चांदनी की तरह कौन अलग कर सकता है! किसमें साहस है कि सिंह के मुख में लगा मांस चोंच डालकर बाहर खींच ले!

चंदनदास : *(स्वगत)* तुमने जो कहा सो किया, तभी यह आत्मप्रशंसा भी अच्छी लगती है।

[नेपथ्य में कोलाहल]

चाणक्य : शार्ङ्गरव! पता लगाओ कि क्या बात है।

शिष्य : जैसी आचार्य की आज्ञा। *(प्रस्थान, फिर प्रवेश करके)* आचार्य महाराज चन्द्रगुप्त की आज्ञा से राजविरोधी जीवसिद्धि क्षपणक को अपमान करके नगर से निकाला जा रहा है।

चाणक्य : क्षपणक! ह-ह-ह! राजद्रोह का फल कौन नहीं पाएगा? श्रेष्ठि चंदनदास! राजा विरोधियों के प्रति बहुत कठोर है। इसीलिए मेरी अच्छी बात को मानकर राक्षस के परिवार को समर्पित करके बहुत दिनों तक महलों के वैभव और सुख को भोगो।

चंदनदास : मेरे घर राक्षस का परिवार नहीं है।

[नेपथ्य में फिर कोलाहल]

चाणक्य : शार्ङ्गरव! फिर पता लगाओ कि क्या बात है।

शिष्य : जैसी उपाध्याय की आज्ञा। *(घूमकर लौटता है)* उपाध्याय! यह राजा का विरोधी शकटदास कायस्थ है, जिसे राजाज्ञा से सूली पर चढ़ाने को ले जाया जा रहा है।

चाणक्य : अपने कर्म का फल भोगे। श्रेष्ठि चंदनदास! यह राजा विरोधियों को बहुत कड़ा दंड देता है। वह आपके इस अपराध को क्षमा नहीं करेगा कि आपने राक्षस के परिवार को छिपाया। दूसरे के स्त्री-पुत्र देकर अपनी और अपने घरवालों की जान बचाओ।

चंदनदास : आर्य! क्या आप मुझे डराते हैं? यदि राक्षस का परिवार मेरे घर में होता तब भी मैं नहीं सौंप सकता था। फिर जब वह है ही नहीं तो दूं कहां से?

चाणक्य : चंदनदास! क्या यही तुम्हारा निश्चय है?

चंदनदास : निश्चय! यही मेरा स्थिर निश्चय है।

चाणक्य : *(स्वगत)* साधु चंदनदास! साधु! राजा शिवि को छोड़कर, तुम्हारे बिना ऐसा कौन व्यक्ति है जो अपने स्वार्थ के सहज ही सिद्ध हो सकने पर भी पराए को सौंपने में इतनी दृढ़ता से नकार सकता हो। *(प्रकट)* चंदनदास! यही तुम्हारा निश्चय है?

चंदनदास : जी हां।

चाणक्य : *(क्रोध से)* दुरात्मा, दुष्ट वणिक्! तो राजा के क्रोध को भोगो!

चंदनदास : (हाथ फैलाकर) तत्पर हूं। आर्य अपने अधिकार के अनुसार कार्य करें।

चाणक्य : *(क्रोध से)* शार्ङ्गरव! मेरी आज्ञा से कालपाशिक और दण्डपाशिक से कहो कि वे इस दुरात्मा श्रेष्ठि को शीघ्र ही पकड़ लें। नहीं । ठहरो। दुर्गपाल और विजयपाल को आज्ञा दो कि वे इसके धन पर अधिकार कर लें। जब तक मैं वृषल से नहीं कहता तब तक इसके स्त्री-पुत्रों को पकड़कर बंदीगृह में रखें। राजा ही इसको प्राणदंड देगा।

शिष्य : जैसी उपाध्याय की आज्ञा। श्रेष्ठि! इधर आइए! इधर!

चंदनदास : *(उठकर)* आर्य! आता हूं। *(स्वगत)* सौभाग्य से मित्र के कार्य से मेरा विनाश हो रहा है, अपने किसी अन्य दोष के कारण नहीं।

[घूमकर शिष्य के साथ प्रस्थान]

चाणक्य : (सहर्ष) अहा! अब राक्षस पकड़ा गया। जैसे यह उसकी मुसीबत में अपने जीवन का मोह किए बिना त्यागे दे रहा है, वैसे ही इसकी विपत्ति में राक्षस को भी अपने प्राणों की ममता नहीं होगी।

[नेपथ्य में कोलाहल]

चाणक्य : शार्ङ्गरव!

शिष्य : (प्रवेश कर) आज्ञा दें उपाध्याय!

चाणक्य : यह कैसा शोर है?

शिष्य : *(प्रस्थान कर, फिर घबराया-सा प्रवेश करके)* उपाध्याय! वध्यस्थान में बंधे हुए शकटदास को लेकर सिद्धार्थक भाग गया।

चाणक्य : *(स्वगत)* धन्य सिद्धार्थक! तुमने अपना काम खूब किया! *(प्रकट)* क्या कहा? ज़बरदस्ती उसे ले भागा! *(क्रोध से)* वत्स! भागुरायण

से कहो कि वह उसे शीघ्र पकड़े!

शिष्य : *(फिर बाहर जाकर सस्वेद लौटकर)* उपाध्याय! दुःख है कि भागुरायण भी भाग गया।

चाणक्य : *(स्वगत)* कार्यसिद्धि के लिए जाए। *(प्रकट, सक्रोध)* वत्स! दुःख मत करो! मेरी आज्ञा से भद्रभट, पुरुषदत्त, हिंगुरात, बलगुप्त, राजसेन, रोहिताक्ष, विजय वर्मा आदि से कहो कि वे शीघ्र ही दुरात्मा भागुरायण को पकड़ें।

शिष्य : जैसी उपाध्याय की आज्ञा। *(बाहर जाकर फिर दुःख से भरा प्रवेश करके)* उपाध्याय! बहुत बुरी खबर है। सारी प्रजा व्याकुल है। भद्रभट आदि भी आज प्रातः काल ही भाग गए।

चाणक्य : *(स्वगत)* सबका मार्ग मंगलमय हो। *(प्रकट)* वत्स! दुःख न करो। देखो! जो मन में कुछ सोचकर चले गए हैं, वे तो गए ही। जो यहां हैं वे भी बेशक चले जाएं, लेकिन सब कामों को साधने में अनेक सेनाओं से भी अधिक शक्ति रखने वाली और अपनी महिमा से नंदों का विनाश करने वाली मेरी बुद्धि मुझे न छोड़े। *(उठकर आकाश में प्रत्यक्ष की भांति देखकर)* अब इन दुरात्मा भद्रभट आदि को पकड़ता हूं। *(स्वगत)* दुरात्मा राक्षस? अब कहां बचेगा? मैं बहुत शीघ्र ही तुझे घेर लूंगा। मस्त और अकेले घूमने वाले, अत्यंत दानशील और बहुत बड़ी सेना लेकर हमारा नाश करने की इच्छा रखने वाले ऐ राक्षस! देख लेना। जैसे झुंड से अलग अकेले भटकते हुए तालाबों को मथ देने वाले मदमस्त हाथी को बांध दिया जाता है, वैसे ही अपनी बुद्धि की रस्सी से बांधकर मैं तुझे चन्द्रगुप्त के लिए अपने वश में करूंगा।

[प्रस्थान]

[पहला अंक समाप्त]

दूसरा अंक

[एक सपेरे का प्रवेश]

सपेरा : जो विष की औषधि का प्रयोग करना, मंडल बनाना और मंत्ररक्षा करना जानता है, वही राजा और सांप की सेवा कर सकता है! *(आकाश की ओर देखकर)* आर्य! क्या पूछा? तुम कौन हो? आर्य! मैं जीर्णविष नाम का सपेरा हूं। *(फिर ऊपर देखकर)* क्या कहा? मैं भी सांप से खेलना चाहता हूं? आर्य! बताइए! आप क्या काम करते हैं? *(फिर ऊपर देखकर)* क्या कहा? राजवंश के सेवक हैं? तब तो सदा ही सांपों में खेलते रहते होंगे! पूछते हैं—कैसे? अरे बिना दवाई जानने वाला सपेरा, बिना अंकुश लिए मदमस्त हाथी पर चढ़ने वाला सवार और अहंकारी राजा का सेवक, इन तीनों का तो अवश्य ही नाश हो जाता है। अरे! चले भी गए! बस देखकर ही? *(फिर आकाश की ओर देखकर)* आर्य? क्या पूछते हैं आप फिर, कि इन पिटारियों में क्या है? आर्य, मेरी जीविका के साधन सांप हैं इनमें। *(ऊपर देखकर)* क्या कहते हैं आप! देखेंगे? अप्रसन्न न हों। आपका यों देखना उचित तो नहीं, पर ऐसा ही कौतूहल है तो आइए। इस घर में दिखा दूं! *(आकाश की ओर देखकर)* क्या कहते हैं कि यह अमात्य राक्षस का घर है? यहां हम जैसे लोग नहीं घुस सकते? तो फिर आप जाइए! जीविका की कृपा से यहां मेरी पहुंच है। अरे! यह भी गया!

[चारों ओर देखकर (अब संस्कृत[1] में)]

---

1. मूल में पहले वह जनभाषा में बोलता है, अब संस्कृत में शुरू करता है।

(स्वगत) अरे! आश्चर्य है! चाणक्य की नीति के सहारे खड़े चन्द्रगुप्त को देखते हुए तो राक्षस की सब चेष्टाएं बेकार-सी लगती हैं और राक्षस की बुद्धि के सहारे काम करने वाले मलयकेतु को देखकर ऐसा लगता है कि चन्द्रगुप्त राज्य से हट जाएगा, चाणक्य की बुद्धि की रस्सी में मौर्यकुल की लक्ष्मी को बंधा हुआ देखकर मैं उसे स्थिर मानता हूं। पर यह भी देख रहा हूं कि राक्षस की नीति के हाथ उसे खींच भी रहे हैं। नंदवंश की राज्य-श्री इन दोनों नीतिधुरंधर मंत्रियों के झगड़े के कारण बड़ी संदिग्ध-सी अवस्था में पड़ी हुई लगती है। जैसे अत्यंत भयानक वन में दो हाथियों की लड़ाई के समय बीच में पड़ी हथिनी अत्यंत भयभीत हो जाती है, वैसे ही इन दो मंत्रियों के बीच में राज्यलक्ष्मी आकर खिन्न हो रही है। मैं अब अमात्य राक्षस के दर्शन करूं। *(इधर-उधर घूमकर खड़ा होता है)*।

[अंकावतार समाप्त]

[अपने घर में आसन पर सचिव राक्षस बैठे हैं। सामने अनुचर है। राक्षस चिंता से भरा है।]

राक्षस : *(आंसू-भरे नयनों से ऊपर देखकर)* हाय, कितना कष्ट है! नीति, विक्रम आदि गुणों के कारण जो समृद्ध नंदवंश शत्रु-रहित था, उसका निर्दय भाग्य के हाथों वृष्णि यादवों की भांति सर्वनाश हो गया। कैसे फिर सब लौट सकेगा, यही रात-दिन सोचते हुए जागते ही बीतते हैं, पर मेरी नीति और प्रयत्न ऐसे निराधार-से लग रहे हैं जैसे चित्रफलक के बिना किसी चित्रकार की चित्रकला। मैं जो दूसरे का दास बना नीति का प्रयोग कर रहा हूं, यह न तो स्वामी के प्रति भक्ति को भुलाने को, न अपने अज्ञान के लिए। नहीं, यह मेरे प्राणों का भय भी नहीं, न मेरी यश की लिप्सा ही है। मैं सब कुछ केवल इसलिए करता हूं कि स्वर्गीय नंद की आत्मा अपने शत्रु के वध से प्रसन्न हो जाए। *(आकाश को साश्रु देखकर)* भगवती लक्ष्मी! तुम गुण नहीं देखतीं! चंचले! आनन्द के कारण राजा नंद को छोड़कर तू शत्रु मौर्यपुत्र पर क्यों अनुरक्त हो गई? जैसे मस्त हाथी के मरने पर उसके मद की धारा भी सूख जाती है, तू भी राजा नंद के साथ ही

विनष्ट क्यों नहीं हो गई? ओ नीचकुले! पापिनी! क्या श्रेष्ठ कुल वाले राजा पृथ्वी से उठ गए जो तूने इस कुलहीन को चुन लिया है? कांस के रोओं-सी चंचल होती है स्त्रियों की बुद्धि, तभी वह पुरुषों के गुण जानने से विमुख रहती है! अरी अविनीते! मैं तेरे इस आश्रय को नष्ट करके तेरे भी मनोरथों को असफल कर दूंगा। *(सोचकर)* नगर से भागते समय मैंने अच्छा किया कि अपना परिवार अपने सुहृद् मित्र श्रेष्ठि चंदनदास के घर छोड़ दिया। क्योंकि राक्षस उद्योगहीन नहीं है और कुसुमपुर में रहने वाले राजा नंद के पुराने सेवकों से संबंध बना रहेगा तो हमारा उत्साह भी शिथिल नहीं होगा। चन्द्रगुप्त को जला डालने को मैंने अनेक विषैले पदार्थ आदि शकटदास को देकर उसे शत्रु-विनाश करने को नियुक्त किया है! हर क्षण की सूचना भेजने को जीवसिद्धि क्षपणक इत्यादि को काम में लगाया है। यदि कहीं भाग्य ही हमारे विरुद्ध हो जाए और उसकी रक्षा करने लगे तो और बात है, अन्यथा मैं चन्द्रगुप्त के अंगों को अपनी बुद्धि के बाणों से बेंध दूंगा, जिसको सिंह-शावक की तरह पाल-पोसकर सन्तान-प्रेमी महाराज नंद अपने वंश के साथ नष्ट हो गए।

[कंचुकी का प्रवेश]

कंचुकी : अपनी नीति से जैसे चन्द्रगुप्त मौर्य से नंद का दमन करवाकर चाणक्य ने उसे अधिपति बना दिया, वैसे ही बुढ़ापे ने काम-वासना नष्ट करके मुझमें धर्म को स्थापित किया है। अब मलयकेतु आदि की सहायता से उठे हुए राक्षस की भांति लोभ उन्नतिशील चन्द्रगुप्त जैसे धर्म को फिर जीतना चाहता है। किंतु अब वह जीत नहीं सकेगा। *(देखकर)* अरे यह तो अमात्य राक्षस है। *(एक चक्कर-सा लगाकर पास जाकर)* यह रहा अमात्य राक्षस का घर। प्रवेश करूं। *(प्रवेश करके देखकर)* अमात्य! आपका मंगल हो।

राक्षस : अभिवादन करता हूं आर्य जाजलि! प्रियंवदक! आपके लिए आसन लाओ!

पुरुष : लीजिए आसन। विराजें आर्य!

कंचुकी : *(बैठकर)* अमात्य! कुमार मलयकेतु ने निवेदन किया है कि बहुत दिनों से आपने अपने शरीर का शृंगार करना छोड़ दिया है, इससे

मेरा हृदय बहुत दुःखी है। मैं मानता हूं कि स्वामी के गुण भुलाए नहीं जा सकते, फिर भी आप मेरी प्रार्थना स्वीकार करें। *(आभूषण निकालकर दिखाकर)* अमात्य! ये आभूषण कुमार ने अपने शरीर से उतारकर भेजे हैं। आप इन्हें पहन लें।

राक्षस : आर्य जाजलि! मेरी ओर से कुमार से कहना कि मैंने उनके महान् गुणों के कारण स्वामी के गुण भुला दिए हैं। और कहना कि हे श्रेष्ठ राजा! जब तक शत्रु-विनाशक आपका यह सुवर्ण सिंहासन सुगांग प्रासाद तक नहीं पहुंचा दूंगा, तब तक पराक्रमहीन, शत्रुओं से पराजित, उनका तिरस्कार सहने वाले अपने इन अंगों को तनिक भी नहीं सजाऊंगा।

कंचुकी : यह सत्य है अमात्य, कि आप जैसे नेता के रहते हुए कुमार विजयी होंगे। लेकिन यह उनके प्रेम का पहला व्यवहार है, इसे अवश्य स्वीकार करें।

राक्षस : आर्य, आपकी बात भी कुमार की ही भांति टाली नहीं जा सकती। अच्छी बात है, मैं उनकी आज्ञा मानता हूं।

कंचुकी : *(आभूषण पहनता है)* आपका मंगल हो। अब मैं चलूं।

राक्षस : आर्य! अभिवादन स्वीकार करें।

[कंचुकी का प्रस्थान]

राक्षस : प्रियंवदक! मालूम करो कि इस समय मुझसे मिलने द्वार पर कौन खड़ा है।

प्रियंवदक : जैसी आर्य की आज्ञा। *(घूमकर, सपेरे को देखकर)* आर्य, आप कौन हैं?

सपेरा : भद्र! मैं जीर्णविष नामक सपेरा हूं। अमात्य राक्षस को सांपों का खेल दिखाना चाहता हूं।

प्रियंवदक : जरा ठहरो। मैं उनसे पूछता हूं। *(राक्षस के पास जाकर)* सपेरा आपको खेल दिखाना चाहता है।

राक्षस : *(बाईं आंख फड़कने का अभिनय करके, स्वगत)* सबसे पहले सांप ही का दर्शन! *(प्रकट)* प्रियंवदक! अभी मुझे सांप का खेल देखने की इच्छा नहीं है। इसे तुम कुछ देकर चलता करो।

प्रियंवदक : जैसी आर्य की आज्ञा। *(घूमकर सपेरे के पास आकर)* भद्र! अमात्य तुम्हारा खेल बिना देखे ही प्रसन्न हो गए हैं, अब वे उसे नहीं

देखना चाहते।

सपेरा : भद्र! तो मेरी ओर से उनसे कहिए कि मैं केवल सपेरा ही नहीं, एक जन्मजात कवि भी हूं। और यदि आप मुझे दर्शन नहीं करने दे सकते तो मेरे इस पत्र को पढ़कर ही प्रसन्न हों। *(पत्र देता है)*

प्रियंवदक : *(पत्र लेकर राक्षस के पास जाकर)* अमात्य! वह सपेरा कहता है कि मैं सपेरा ही नहीं, कवि भी हूं। आप मुझे न बुलाएं, पर मेरी कविता पढ़कर प्रसन्न हों।

राक्षस : *(पत्र लेकर पढ़ता है)*–

निज कौशल से भ्रमर कुसुम से
मधु निकालता है पीकर,
उस मधु से अन्यों के होते
कार्य सिद्ध इस धरती पर!

राक्षस : *(स्वगत)* इसका अर्थ तो यह है कि कुसुमपुर की खबर लाने वाला आपका गुप्तचर हूं। कार्य इतना अधिक है, गुप्तचर भी अनेक हैं। भूल-भूल जाता हूं। अरे हां, याद आया। यह सपेरा बना हुआ तो कुसुमपुर से विराधगुप्त आया होगा। *(प्रकट)* प्रियंवदक! यह तो सुकवि है, इसे भीतर ले आ। इससे सुभाषित सुनना चाहिए।

प्रियंवदक : जैसी आर्य की आज्ञा। *(सपेरे के पास जाकर)* आइए आर्य!

सपेरा : *(भीतर जाकर संस्कृत में स्वगत)* अरे ये अमात्य राक्षस हैं! इन्हीं की नीति-निपुणता और उद्योगों से राज्यलक्ष्मी अभी तक घबरा रही है। उसने अपने बायें कर-कमल को चन्द्रगुप्त मौर्य के गले में डाल तो दिया है, पर अभी मुख मोड़ रही है और दायें हाथ के कंधे से फिसल जाने के कारण अभी तक भयभीत-सी उससे गाढ़ आलिंगन नहीं कर पा रही है *(प्रकट)* जय! अमात्य की जय!

राक्षक : *(देखकर)* अरे विराध! *(इतना कहते ही याद आने पर)* प्रियंवदक! मैं इनके सांपों को देखकर मन बहलाता हूं। तुम घर के लोगों को विश्राम कराओ और अपने स्थान पर जाओ।

प्रियंवदक : जैसी आर्य की आज्ञा। *(परिवार सहित प्रस्थान)*

राक्षस : मित्र विराधगुप्त! लो, इस आसन पर बैठो।

विराधगुप्त : जैसी अमात्य की आज्ञा। *(बैठता है)*

राक्षस : *(दुःख से देखकर)* देवपाद-पद्मों की सेवा करने वालों का यह हाल

है? *(रोने लगता है)*

विराधगुप्त : अमात्य! शोक न करें। आप जल्दी ही हमें पुरानी अवस्था पर फिर पहुंचा देंगे।

राक्षस : सखे! विराधगुप्त! मुझे सुनाओ, कुसुमपुर की बात कहो।

विराधगुप्त : अमात्य! वहां की तो लंबी कथा है। आप आज्ञा दें, कहां से शुरू करूं?

राक्षस : मित्र! चन्द्रगुप्त के नगर-प्रवेश के समय से। यह जानना चाहता हूं कि हमने जो विष आदि देने वाले मनुष्य नियुक्त किए थे उन्होंने क्या किया?

विराधगुप्त : सुनिए। कुसुमपुर को चाणक्य के पक्षपातियों तथा प्रलय के उत्ताल समुद्रों की तरह शक, यवन, किरात, काम्बोज, पारसीक और वाह्लीक आदि के निवासियों ने घेर रखा है!

राक्षस : (घबराहट के साथ शस्त्र खींचकर) कौन मेरे रहते हुए कुसुमपुर को घेर सकता है? प्रवरक! धनुर्धरों को प्राचीरों पर हर ओर खड़ा करो, शत्रु के हाथियों को कुचल देने वाले अपने हाथियों को द्वार पर खड़ा कर दो। मरने और जीने की चिन्ता छोड़कर शत्रु-विनाश करने के इच्छुक पुण्य कीर्ति चाहने वाले मेरे साथ बाहर निकलें।

विराधगुप्त : आवेश को छोड़िए अमात्य। मैं केवल वर्णन कर रहा हूं।

राक्षस : *(सांस भरकर)* हाय! केवल समाचार है। यही तो दुःख है। मैंने तो समझा था कि बस वही समय है। *(शस्त्र रखकर आंसू-भरे नयनों से)* हा राजा नन्द! ऐसे समय पर आपकी राक्षस के प्रति जो प्रीति थी वह याद आती है। हे राजा नन्द! 'जहां नीले मेघों की तरह हाथियों की सेना चलती है वहां राक्षस जाए। इन अत्यन्त चपल जल की-सी तीव्रगामी तुरंगों की सेना को राक्षस रोके। मेरी आज्ञा से राक्षस पैदलों को नष्ट कर दें'—ऐसी अनेक आज्ञाएं देकर अत्यंत स्नेह के कारण आप मुझे हजार रूपों में देखते थे। हां विराधगुप्त, फिर?

विराधगुप्त : तब चारों तरफ से कुसुमपुर के घिर जाने पर और नगरवासियों पर घोर अत्याचार होता देखकर, सुरंग के रास्ते में पुरवासियों की सहायता से महाराज सर्वार्थसिद्धि को तपोवन भेज दिया गया। स्वामी के चले जाने से सैनिक निरुद्योग हो गए। उन्होंने कुछ

दिन के लिए जयजयकार रोक दिया। प्रजा के मन को देखकर जब आप नन्दराज्य लौटा लाने की इच्छा से भाग आए, तब चन्द्रगुप्त का वध करने को भेजी गई विषकन्या से जब पर्वतेश्वर मारे गए...

राक्षस : सखे! देखो कैसा आश्चर्य है! जैसे राधा के पुत्र कर्ण ने अर्जुन का वध करने को शक्ति छोड़ी थी, वैसे ही मैंने भी चन्द्रगुप्त को मारने को विषकन्या भेजी थी। लेकिन विष्णु की भांति विष्णुगुप्त चाणक्य का कल्याण करने के लिए जैसे भगवान के वध्य घटोत्कच का उस शक्ति से वध हो गया था, वैसे ही मेरी भेजी हुए विषकन्या से पर्वतश्वर की मृत्यु हो गई।

विराधगुप्त : अमात्य! यह तो दैव का स्वेच्छाचार है। और किया क्या जाए?

राक्षस : अच्छा, फिर?

विराधगुप्त : तब पिता के वध से उत्पन्न भय से कुमार मलयकेतु कुसुमपुर से चले आए और पर्वतक के भाई वैरोचक को विश्वास दिलाया गया। नन्द-भवन में चन्द्रगुप्त के प्रवेश की घोषणा कर दी गई। उस समय दुरात्मा चाणक्य ने कुसुमपुर के प्रबंधकों को बुलाया और कहा कि ज्योतिषियों के अनुसार आज ही आधी रात को चन्द्रगुप्त नन्द-भवन में प्रवेश करेंगे, अतः पहले ही द्वार से भवन को सजाना शुरू कर दें। उस समय सूत्रधारों ने कहा कि महाराज चन्दगुप्त भवन में प्रवेश करेंगे, यह पहले ही से समझकर शिल्पकार दारुवर्मा ने सोने के बंदनवार आदि लगाकर राजभवन के द्वार को सजा दिया है। अब भीतर की सजावट बाकी है। तब चाणक्य ने संतुष्ट होकर इसका अभिनंदन किया कि दारुवर्मा ने बिना कहे ही महल सजा दिया है और कहा कि दारुवर्मा! तुम अपनी कुशलता का शीघ्र ही फल पाओगे।

राक्षस : *(उद्वेग से)* सखे! चाणक्य को संतोष कैसे हो गया? मैं तो समझता हूं, दारुवर्मा ने गलती की। उसकी बुद्धि, मोह से भर गई। इतना अधिक राजप्रेम हो गया कि उसने आज्ञा की भी प्रतीक्षा नहीं की? इससे तो चाणक्य के मन में पूरा सन्देह हो गया होगा। हां, फिर क्या हुआ?

विराधगुप्त : तब हत्यारे चाणक्य ने सभी शिल्पियों और पुरवासियों को यह

अवगत करा दिया कि उचित लग्न के अनुसार आधी रात को चन्द्रगुप्त का नन्द-भवन में प्रवेश होगा। फिर उसी समय पर्वतेश्वर के भाई वैरोचक को चन्द्रगुप्त के साथ सिंहासन पर बिठाकर आधी पृथ्वी के आधे राज्य का अधिकारी बना दिया।

राक्षस : तो क्या उसने प्रतिज्ञा-निर्वाह किया?

विराधगुप्त : हां। बिलकुल!

राक्षस : *(स्वगत)* निश्चय ही उस अत्यंत धूर्त ब्राह्मण ने पर्वतेश्वरवध का कलंक मिटाने और प्रजा का विश्वास प्राप्त करने के लिए यह चाल चली है। *(प्रकट)* हां, फिर?

विराधगुप्त : फिर आधी रात को चन्द्रगुप्त भवन में प्रवेश करेगा, यह सबमें प्रसिद्ध करके, वैरोचक का राज्याभिषेक कर देने पर, वैरोचक को सुन्दर मोतियों की लड़ियों से गुंथे वस्त्र पहनाए गए, उसे रत्नजटित मुकुट धारण कराया गया, भीनी-भीनी गंध वाली मालाओं के कारण उसका वक्षस्थल ऐसा प्रशस्त लगने लगा कि परिचित लोग भी वैरोचक को पहचानने में भूल कर बैठे। चाणक्य की आज्ञा से उसे चन्द्रगुप्त की चन्द्रलेखा नामक हथिनी पर, चन्द्रगुप्त के सेवकों के साथ तेजी से देव नंद के भवन की ओर प्रवेश करने भेजा गया। सूत्रधार दारुवर्मा ने उसे ही चन्द्रगुप्त समझकर उसी पर गिराने के लिए द्वार पर लगे वस्त्र को ठीक कर लिया। अनुयायी बाहर ही रुक गए। उस समय चन्द्रगुप्त के महावत बर्बरक ने, जिसे आपने वहां नियुक्त किया था, सोने की जंजीर वाली सोने की यष्टि को इस इच्छा से पकड़ लिया कि वह छिपी हुई तलवार को सोने की म्यान से बाहर खींच सके!

राक्षस : दोनों ने ही गलत जगह पर काम किया। फिर?

विराधगुप्त : हथिनी को जब जांघ में चोट लगी तो वह दूसरी तरफ भागने को हुई। एकदम जो जंजीर खिंची तो द्वार गिर पड़ा और बर्बरक का निशाना भी चूक गया। वह गिरे द्वार से टकराकर मर गया। उधर दारुवर्मा ने द्वार गिर जाने से अपनी मौत निश्चित समझकर, जल्दी से ऊपरी हिस्से पर चढ़कर लोहे की कील को यंत्र में घुमाकर द्वार को पूरा गिरा दिया जिससे हथिनी पर बैठा हुआ वैराचक मर गया।

राक्षस : हाय! दोनों अनिष्ट एकसाथ हो गए। चन्द्रगुप्त मरा नहीं, बल्कि मर गए वैरोचक और बर्बरक। *(आवेग से, स्वगत)* वे दो नहीं मरे, दैव ने हमें मारा है। *(प्रकट)* सूत्रधार दारुवर्मा अब कहां है?

विराधगुप्त : वैरोचक के अनुयायियों ने उसे पत्थर मार-मारकर मार डाला।

राक्षस : *(आंखों में आंसू भरकर)* अति दारुण! आज हम परम मित्र दारुवर्मा से भी बिछुड़ गए। तब जो वैद्य मैंने वहां नियुक्त किया था उस वैद्य अभयदत्त ने क्या किया?

विराधगुप्त : सब कुछ अमात्य!

राक्षस : *(प्रसन्नता से)* मारा गया दुरात्मा चन्द्रगुप्त!

विराधगुप्त : नहीं अमात्य! दुर्भाग्य से बच गया।

राक्षस : *(दुःख से)* फिर इतने सन्तुष्ट-से क्या कहते हो कि सब कुछ किया।

विराधगुप्त : अमात्य! उसने चन्द्रगुप्त के लिए एक चूर्ण बनाया। चाणक्य ने सोने के पात्र में रखकर उसकी परीक्षा की। उसका रंग बदल गया तब उसने चन्द्रगुप्त से कहा : "वृषल! यह विषैली औषधि है, मत लेना।"

राक्षस : वह बड़ा दुष्ट ब्राह्मण है। अब वह वैद्य कहां है?

विराधगुप्त : उसे वही दवा पिला दी और वह मार डाला गया।

राक्षस : *(दुःख से)* हाय! एक महान् वैज्ञानिक उठ गया! भद्र! चन्द्रगुप्त के सोने के प्रकोष्ठ में अधिकारी प्रमोदक को रखा था न? उसका क्या हुआ?

विराधगुप्त : विनाश।

राक्षस : *(उद्वेग से)* वह कैसे?

विराधगुप्त : आपने उस मूर्ख को जो धन दिया था, वह उसने बुरी तरह खर्च करना शुरू कर दिया। चाणक्य ने पूछा कि तुम्हारे पास इतना धन कहां से आया? उल्टे-सीधे जवाब दे गया, और पकड़ा गया और तब उसे चाणक्य की आज्ञा से बड़ी ही यातनाएं देकर मार डाला गया।

राक्षस : *(घबराकर)* हाय! दुर्भाग्य से हम यहां भी मारे गए। अच्छा, वह जो राजा के महल में नीचे की सुरंग में सोते हुए चन्द्रगुप्त पर हमला करने को बीभत्सक आदि को नियुक्त किया था, उनका क्या हुआ?

विराधगुप्त : अमात्य, उनका समाचार बड़ा डरावना है।

राक्षस : *(आवेश से)* क्या भयानक बात है। क्या चाणक्य को उनका पता चल गया?

विराधगुप्त : जी हां।

राक्षस : कैसे?

विराधगुप्त : चन्द्रगुप्त से पहले चाणक्य ने शयन-कक्ष में प्रवेश करते ही चारों ओर देखा। वहां दीवारों के छेद में से मुंह में भात के टुकड़े लिए चींटियां निकल रही थीं? इसके नीचे पका चावल है तो अवश्य आदमी होंगे, यह सोचकर चाणक्य ने उस कक्ष को ही जलवा दिया। तब धुआं भर गया और पहले से ही दरवाजे आदि बन्द किए बैठे बीभत्सक आदि मारे गए।

राक्षस : *(आंसू-भरे नयनों से)* मित्र! देखो। चन्द्रगुप्त के भाग्य की प्रबलता से हमारे सब आदमी मारे गए। *(सोचकर चिंता से)* मित्र! दुरात्मा चन्द्रगुप्त का भाग्य ऐसा प्रबल है! जो विषकन्या मैंने उसे मारने भेजी थी, वह दैवयोग से पर्वतेश्वर की मृत्यु का कारण हो गई, जो आधे राज्य का भागी थी। जिनको विष आदि देने को नियुक्त किया था, वे उन्हीं युक्तियों से मार दिए गए। मेरी सारी चालें चन्द्रगुप्त का कल्याण करने वाली ही बन गईं।

विराधगुप्त : पर शुरू हुआ काम तो बीच में नहीं छोड़ना चाहिए। नीच तो काम का प्रारंभ ही नहीं करते, मध्यम श्रेणी के लोग विघ्न आने पर उसे छोड़ देते हैं, पर आप जैसे उत्तम श्रेणी के पुरुष तो विरोधों के बार-बार आने पर भी काम अधूरा नहीं छोड़ते! क्या शेषनाग को पृथ्वी धारण करने में कष्ट नहीं होता? फिर भी वे पृथ्वी को सिर से फेंक तो नहीं देते? क्या सूर्य को इतना चक्कर लगाने में थकान नहीं आती? फिर भी वे कब चुप बैठते हैं? श्रेष्ठ जन स्वीकार किए हुए कार्य को छोड़ने में लज्जा का अनुभव करते हैं। क्योंकि जो काम उठा लिया, उसे पूरा करना-ही सज्जनों का कुल-परम्परागत कर्तव्य है।

राक्षस : मित्र! यह तो खैर है ही। कौन छोड़ता है! हां, आगे क्या हुआ?

विराधगुप्त : तब से चाणक्य ने चन्द्रगुप्त की शरीर-रक्षा में अत्यधिक सतर्क होकर आपके गुप्तचरों को अनर्थ की जड़ समझकर कुसुमपुर में पकड़ लिया।

राक्षस : *(घबराकर)* मित्र! कौन-कौन पकड़ा गया? बताओ। मुझे बताओ।

विराधगुप्त : अमात्य! सबसे पहले तो जीवसिद्धि क्षणपक को अपमानित करके नगर से निकाल दिया गया।

राक्षस : *(स्वगत)* खैर, यह तो सह्य है। वह तो विरागी था, कहीं किसी स्थान से निकाले जाने पर उसे पीड़ा नहीं होगी। *(प्रकट)* परन्तु मित्र! उसका अपराध क्या बताया गया?

विराधगुप्त : दोष यह लगाया गया कि इसी दुष्ट ने राक्षस की नियुक्त की हुई विषकन्या से पर्वतेश्वर को मरवा दिया।

राक्षस : *(स्वगत)* धन्य! कौटिल्य! धन्य! अपने पर से कलंक हटाकर हमीं पर थोप दिया! आधा राज्य पाने के अधिकारी को भी नष्ट कर दिया। तुम धन्य हो! तुम्हारी नीति का एक ही बीज ऐसा फल देता है। *(प्रकट)* हां, फिर।

विराधगुप्त : फिर शकटदास पर यह दोष लगाया गया कि इसने चन्द्रगुप्त को मारने को दारुवर्मा आदि को नियुक्त किया था। उसे इसीलिए सूली दे दी गई।

राक्षस : *(रोकर)* हाय! मित्र शकटदास! तुम्हारी ऐसी मौत तो बहुत ही अनुचित हुई। पर तुम स्वामी के लिए मरे हो, फिर क्या शोक करूं! शोचनीय तो हम हैं, जो नन्दवंश के विनष्ट हो जाने पर भी जीवित रहना चाहते हैं!

विराधगुप्त : परन्तु आप स्वामी का लाभ ही तो कर रहे हैं!

राक्षस : मित्र! मुझ-सा कृतघ्न कौन होगा जो परलोकवासी महाराज का अनुगमन न कर सका। अब जीना तो नहीं चाहता पर इसलिए जी रहा हूं कि उनका कार्य पूरा हो।

विराधगुप्त : हा अमात्य! यों न कहें। स्वामी का कार्य हो इसीलिए जीते हैं।

राक्षस : मित्र! अब और मित्रों के बारे में कहो, सब सुनने को तत्पर हूं।

विराधगुप्त : जब यह समाचार मिला तब चन्दनदास ने आपका परिवार दूसरी जगह भेज दिया।

राक्षस : यह तो चन्दनदास ने उस क्रूर चाणक्य के विरुद्ध कार्य कर दिया।

विराधगुप्त : क्योंकि मित्र से द्रोह अनुचित होता है अमात्य!

राक्षस : अच्छा, तब?

विराधगुप्त : जब मांगने पर भी उसने आपका परिवार उसके हवाले न किया तो उस क्रुद्ध चाणक्य ने...

राक्षस : *(उद्वेग से)* उसे मार डाला?

विराधगुप्त : अमात्य! मारा नहीं। उसकी संपत्ति छीनकर स्त्री-पुत्रों सहित बंदीगृह में डाल दिया।

राक्षस : यह भी क्या ऐसे खुश होकर कहने की बात है कि राक्षस का परिवार दूसरी जगह भेज दिया! अरे यों कहो कि उसने तो राक्षस को बांध लिया।

[पर्दा हटाकर एक पुरुष का प्रवेश]

पुरुष : आर्य की जय! आर्य! शकटदास द्वार पर उपस्थित हैं।

राक्षस : प्रियंवदक! क्या यह सच है?

प्रियंवदक : क्या मैं अमात्य से झूठ कह सकता हूं?

राक्षस : सखे! विराधगुप्त! यह क्या बात है?

विराधगुप्त : हो सकता है अमात्य! दैव भाग्यशाली की रक्षा करता है।

राक्षस : प्रियंवदक! यह बात है तो देर क्यों करता है? जल्दी से उन्हें ले आ।

प्रियंवदक : जैसी अमात्य की आज्ञा। *(प्रस्थान)*

[सिद्धार्थक पीछे है, आगे शकटदास–प्रवेश करते हैं।]

शकटदास : *(देखकर, स्वगत)* पृथ्वी में मौर्य के प्रतिष्ठित पद की तरह गाड़ी हुई स्थिर सूली को देखकर हृदय को विदीर्ण करने वाली चन्द्रगुप्त की राज्यलक्ष्मी की भांति उस वध्यमाला को पहनकर तथा स्वामी की मृत्यु के कारण कानों को फाड़ने वाले नगाड़े की आवाज सुनकर भी न जाने क्यों अभी तक मेरा हृदय नहीं फट गया! *(राक्षस को देखकर सहर्ष)* ये अमात्य राक्षस बैठे हैं। नन्द के क्षीण होने पर भी इनकी भक्ति क्षीण नहीं हुई। पृथ्वी के सारे स्वामिभक्तों में यही परम श्रेष्ठ हैं। *(पास जाकर)* अमात्य की जय!

राक्षस : *(देखकर सहर्ष)* सखे शकटदास! चाणक्य के हाथों पकड़े जाने पर भी तुम बचकर आ गए हो, आओ, मेरे गले से लग जाओ!

[गले मिलते हैं।]

राक्षस : *(आलिंगन कर)* यहां बैठो।

शकटदास : जैसी अमात्य की आज्ञा। *(बैठता है।)*

राक्षस : मित्र शकटदास आखिर ऐसी हर्ष की बात हुई कैसे?

शकटदास : *(सिद्धार्थक को दिखाकर)* प्रिय मित्र सिद्धार्थक ने सूली देने वाले वधिकों को भगाकर मुझे बचाया और वे मुझे यहां लाए हैं।

राक्षस : *(प्रसन्नता से)* भद्र सिद्धार्थक! जो तुमने किया है उसके सामने तो ये पदार्थ कुछ भी नहीं, फिर भी स्वीकार करो। *(अपने शरीर के आभूषण उतारकर देता है।)*

सिद्धार्थक : *(लेकर पांव छूकर, स्वगत)* यही आर्य का उपदेश था। यही करूंगा। *(प्रकट)* अमात्य! मैं यहां नया-नया ही आया हूं, किसी को जानता नहीं कि इसे उसके पास रखकर निश्चिन्त हो जाऊं। इसलिए आप इस अंगूठी से इस पर मुद्रा लगाकर अपने ही भण्डार में रखें। जब आवश्यकता होगी, ले लूंगा।

राक्षस : अच्छी बात है। यही सही। यही करो शकटदास।

शकटदास : जैसी आपकी आज्ञा! *(मुद्रा देखकर धीरे से)* इस पर तो आपका नाम लिखा है।

राक्षस : *(देखकर दुःख से सोचते हुए, स्वगत)* सचमुच! घर से आते समय ब्राह्मणी ने अपनी उत्कण्ठा को सांत्वना देने को मेरी उंगली से यह अंगूठी ले ली थी। पर यह इसके पास कैसे आई? *(प्रकट)* भद्र सिद्धार्थक! यह अंगूठी तुम्हें कहां मिली?

सिद्धार्थक : अमात्य! कुसुमपुर में चन्दनदास नाम का कोई मणिकार है, उसके द्वार पर मुझे पड़ी मिली थी।

राक्षस : हो सकता है।

सिद्धार्थक : क्या हो सकता है अमात्य?

राक्षस : यही कि बिना धनिकों के घर भला ऐसी वस्तु और कहां मिल सकती है?

शकटदास : मित्र सिद्धार्थक! यह मुद्रा अमात्य के नाम की है। अमात्य तुम्हें काफी धन देंगे। इसलिए यह इन्हें ही दे दो।

सिद्धार्थक : आर्य! यह तो मेरे लिए बड़ी प्रसन्नता की बात है कि अमात्य ही इसे ले रहे हैं। *(मुद्रा देता है।)*

राक्षस : मित्र शकटदास! अब इसी मुद्रा से सब काम-काज चलाया करो।

शकटदास : अमात्य! मैं कुछ निवेदन करना चाहता हूं।

राक्षस : निश्चिन्त होकर कहो।

सिद्धार्थक : यह तो अमात्य जानते हैं कि दुष्ट चाणक्य का अप्रिय करके अब पाटलिपुत्र में प्रवेश करना मेरे लिए सम्भव नहीं रहा। इसी से अब मैं आपके चरणों की सेवा करता हुआ यहीं रहना चाहता हूं।

राक्षस : भद्र! यह तो बड़ी प्रसन्नता की बात है। तुम्हारी बात सुनकर तो मुझे कहने की भी जरूरत नहीं रही। यहीं रहो।

सिद्धार्थक : *(सहर्ष)* अनुगृहीत हुआ।

राक्षस : मित्र शकटदास! सिद्धार्थक के आराम का प्रबंध करो।

शकटदास : जैसी अमात्य की आज्ञा।

[सिद्धार्थक के साथ प्रस्थान]

राक्षस : मित्र विराधगुप्त! अब कुसुमपुर की बाकी बात भी सुना डालो। क्या कुसुमपुर की प्रजा चन्द्रगुप्त से हमारे संघर्ष को चाहती है?

विराधगुप्त : अमात्य! क्यों नहीं चाहती? वह तो अपने राजा और मंत्री के पीछे चलती है।

राक्षस : मित्र, इसका कारण?

विराधगुप्त : अमात्य! बात यह है कि मलयकेतु के निकल जाने से चन्द्रगुप्त ने चाणक्य को चिढ़ा दिया है। चाणक्य भी अपने को विजयी समझने के कारण उसकी आज्ञाओं का उल्लंघन करके उसको दुखी कर रहा है। यह तो मैं जानता हूं।

राक्षस : *(प्रसन्नता से)* सखे विराधगुप्त! तो तुम फिर सपेरे के वेश में कुसुमपुर लौट जाओ। वहां मेरा मित्र स्तनकलश रहता है। उससे मेरी ओर से कहना कि जब चाणक्य राजाज्ञा का उल्लंघन किया करे तब तुम चन्द्रगुप्त की उत्तेजना-भरे गीतों से स्तुति किया करना। फिर जो संदेश हो, करभक के द्वारा पहुंचाना मेरे पास।

विराधगुप्त : जैसी अमात्य की आज्ञा। *(प्रस्थान)*

पुरुष : *(प्रवेश कर)* अमात्य! शकटदास निवेदन करते हैं कि तीन आभूषण बिकने को आए हैं। आप उन्हें देख लें!

राक्षस : *(देखकर, स्वगत)* अरे! बड़े कीमती हैं। *(प्रकट)* भद्र! शकटदास से कहो कि व्यापारियों को पूरे दाम चुकाकर खरीद लें।

पुरुष : जैसी अमात्य की आज्ञा। *(प्रस्थान)*

राक्षस : *(स्वगत)* तो मैं भी अब करभक को कुसुमपुर भेज दूं। क्या दुरात्मा चाणक्य और चन्द्रगुप्त में फूट पड़ सकेगी? क्यों नहीं। सब काम ठीक होगा। चन्द्रगुप्त अपने प्रताप से राजाओं का शासक है और चाणक्य को इसी का गर्व है कि यह मेरी नीति और सहायता से महाराजा हुआ है। दोनों का काम तो हो चुका। एक को राज्य मिला; दूसरे की प्रतिज्ञा पूर्ण हुई। अब अपनी-अपनी अहम्मन्यता ही दोनों को अलग करके रहेगी।

[प्रस्थान]

(दूसरा अंक समाप्त)

तीसरा अंक

[कंचुकी का प्रवेश]

कंचुकी : अरी तृष्णे! जिन इन्द्रियों की सहायता से तूने इतनी प्रतिष्ठा पाई थी, अब वे ही असमर्थ हो गई हैं। तेरे आज्ञाकारी अंग अब शिथिल हो गए हैं। जब बुढ़ापे ने तेरे सिर पर भी पांव धर दिया, तब तू क्यों व्यर्थ मतवाली हो रही है! (घूमकर, आकाश देखकर) अरे सुगांग प्रासाद में नियुक्त पुरुषो! स्वनामधन्य देव चन्द्रगुप्त की आज्ञा है कि वे कुसुमपुर को कौमुदी-महोत्सव के समय रमणीयतर देखना चाहते हैं। इसलिए उनके दर्शन के योग्य सुगांग प्रासाद का ऊपर का भाग सजाया जाए। अरे, देर क्यों कर रहे हो? (आकाश की ओर देख-सुनकर) क्या कहा? आर्य! क्या देव चन्द्रगुप्त कौमुदी-महोत्सव को रोक दिया जाना नहीं जानते? अरे अभागो! तुम्हें इस सबसे क्या? क्यों अपनी जान भारी किए हो? पूर्णचन्द्र की किरणों जैसे चंवरों, मालाओं से सजे स्तम्भों और धूपगंधित आवास से सब कुछ सुन्दर बना दो। बहुत दिनों से सिहांसन का बोझ ढोने से थकी हुई धरती को सुगंधित फूलों और चन्दन के जल से सींचो! (आकाश की ओर देखकर) क्या कहा, मैं शीघ्रता कर रहा हूं? अरे भद्रो! जल्दी करो। देव चन्द्रगुप्त आने ही वाले हैं। विषम पथों में भी अविचल रहते हुए, अनेक मन्त्रियों के साथ देव नन्द ने जिस महान् पृथ्वी का भार धारण किया था, उसी को नई अवस्था में धारण करके देव चन्द्रगुप्त खेद का अनुभव तो करते हैं, परन्तु दुःखी नहीं होते।

[नेपथ्य से-'इधर देव! इस ओर!']

[राजा और प्रतिहारी का प्रवेश]

राजा : (स्वगत) प्रजा की रक्षा में लगे राजा के लिए तो यह राज्य असल में असन्तोष का स्थान है। वह सदा दूसरों के कामों लगा रहता है, उसको कोई स्वतन्त्रता नहीं रहती। और जो दूसरों का काम नहीं करता, वह असल में राजा ही नहीं है। और अपने से ज़्यादा जो औरों की चिन्ता करता है, वह राजा स्वतन्त्र कहां है, परतन्त्र मनुष्य भी क्या सुख का अनुभव कर सकता है? स्थिर चित्त रहने वालों के लिए भी राज्यलक्ष्मी की आराधना कठिन है। न यह अत्यन्त कठोर-हृदय राजा के पास रहती है, न अपमान के डर से कमजोर राजाओं के पास ही। यह मूर्खों से द्वेष करती है और अत्यन्त पण्डित राजाओं से भी इसे स्नेह नहीं है। शूरवीरों से अधिक डरती है और कमज़ोरों की हंसी उड़ाती है। मौका पाकर बदलने वाली वेश्या की भांति इस राज्यश्री का सेवन अत्यन्त कठिनाई से होता है। और अब आर्य चाणक्य का उपदेश है कि बनावटी लड़ाई करके मैं कुछ दिन उनसे स्वतन्त्र व्यवहार करूं। मैंने तो इसे पाप समझकर स्वीकार किया है। मैं तो निरन्तर आर्य की आज्ञा से पवित्रबुद्धि रहता हूं, भले ही परतन्त्र सही। अच्छे काम करने वाले शिष्यों को गुरु नहीं रोकते। पर जब वह मस्ती में रास्ते से गुजर रहे होते हैं तो गुरु अंकुश बनकर उसे राह पर लाते हैं। हम विनयशील हैं तभी स्वतन्त्र हैं। यही कारण है कि हम वैसी स्वतन्त्रता नहीं चाहते। *(प्रकट)* आर्य वैहीनरे! सुगांग प्रासाद का मार्ग दिखाओ।

कंचुकी : महाराज, इधर से आएँ।

[राजा घूमता है।]

कंचुकी : *(घूमकर)* यह सुगांग प्रासाद है आर्य! धीरे-धीरे आराम-आराम से इसमें चढ़ चलें।

राजा : (चढ़ते हुए दिशाएं देखकर) आह! शरत्काल में दिशाएं कैसी सुन्दर हो गई हैं। रेतीली भूमि जैसे श्वेत मेघों से दिशाएं कितनी स्वच्छ, और शान्त लगती हैं। सारसों की क्रेंकार से गूंजती रात में तारों से भरी दसों दिशाएं आकाश में नदी जैसी बही जा रही हैं। अब उच्छृंखल जल-प्रवाह स्वाभाविक हो गए है। धान लद गए हैं और

उग्र विष की भांति शरद् ऋतु मोरों का गर्व मिटाती जगत् को मानो विनय का पाठ पढ़ा रही है। जैसे रति-कथा में चतुर दूती प्रिय के अपराधों से कुपित एवं चिन्ता से दुर्बल नायिका को मार्ग बताकर प्रियतम के पास पहंचा देती है, वैसे ही अन्यन्त वर्षा से मलिन और अब क्षीण हो गई-सी गंगा को यह शरद् ऋतु सिन्धु के पास ले जा रही है। (चारों ओर देखकर) अरे! क्या कौमुदी-महोत्सव आरम्भ नहीं हुआ?

कंचुकी : हां देव! देव की आज्ञा से घोषणा तो कर दी गई थी।

राजा : आर्य! तो क्या मेरी आज्ञा का नागरिकों ने पालन नहीं किया?

कंचुकी : (कानों पर हाथ रखकर) देव! पाप शान्त हो! पाप शान्त हो! पृथ्वी पर आपका अखंड शासन है। नगर-निवासी क्या उल्लंघन करेंगे!

राजा : आर्य वैहीनरे! तो कुसुमपुर में कौमुदी-महोत्सव क्यों नहीं हो रहा है, बातों में कुशल धूर्तो से अनुगत वेश्याएं सघन जंघाओं के भार से मन्द-मन्द चलती हुई मार्गों की शोभा कहां बढ़ा रही हैं? और अपने-अपने वैभव की प्रतिस्पर्धा करने वाले धनी लोग अपनी प्रियतमाओं के साथ कौमुदी-महोत्सव क्यों नहीं मना रहे हैं?

कंचुकी : नहीं कर रहे देव!

राजा : पर क्यों?

कंचुकी : देव बात यह है...

राजा : स्पष्ट कहो आर्य!

कंचुकी : देव, कौमुदी-महोत्सव का निषेष किया गया है।

राजा : (क्रोध से) किसने किया?

कंचुकी : देव, इससे अधिक कहने की मुझमें सामर्थ्य नहीं है।

राजा : तो क्या कहीं आचार्य चाणक्य ही ने प्रजा के देखने योग्य इस मनोहर उत्सव को तो नहीं रोक दिया।

कंचुकी : देव के शासन का उल्लंघन और कौन जीवित रहने की इच्छा करने वाला कर सकता है?

राजा : शोणोत्तरे! मैं बैठना चाहता हूँ।

प्रतिहार : देव! यह आसन है। बैठें देव!

राजा : (बैठकर) आर्य वैहीनरे! मैं आर्य चाणक्य को देखना चाहता हूं।

कंचुकी : जैसी आर्य की आज्ञा। (प्रस्थान)

[अपने घर में आसन पर बैठे हुए क्रोध में और चिंता में चाणक्य का प्रवेश।]

चाणक्य : (स्वगत) अरे दुरात्मा राक्षस! मुझसे क्यों स्पर्धा करता है? जैसे अपमानित चाणक्य ने कुसुमपुर से क्रुद्ध सर्प की भांति बाहर रहकर ही नन्द का विनाश करके मौर्य को नृपति बना दिया, वैसे ही राक्षस भी अपने बारे में सोच रहा है कि वह बाहर रहकर ही चन्द्रगुप्त की राज्यश्री को छीन लेगा। (आकाश में प्रत्यक्ष की भांति देखकर) राक्षस ! राक्षस! इस दुष्कर कार्य में हाथ लगाने से रुक जाओ। राजा नन्द तो बुरे मन्त्रियों के द्वारा राजकाज संभाले जाने के कारण अहंकारी हो गया था। चन्द्रगुप्त वैसा कहां है? और न तू ही चाणक्य है। मेरी बराबरी करना ही तुम्हारी सबसे बड़ी शत्रुता है। (सोचकर) मुझे इस बारे में अधिक खेद नहीं करना चाहिए। मेरे गुप्तचर पर्वतेश्वर के पुत्र मलयकेतु को बस में कर ही लेंगे। सिद्धार्थक आदि भी काम में लगे हैं। इस समय किसी बहाने से चन्द्रगुप्त से कलह करके भेद-नीति के कौशल से राक्षस को शत्रु मलयकेतु से अलग कर दूं।

कंचुकी : (प्रवेश कर) सेवा का ही नाम कष्ट है। पहले तो राजा से डरो, फिर मन्त्री से, फिर राजा के प्रिय मित्रों से और तब राजा के प्रासाद में प्रसाद-प्राप्त विटों से। उदरपूर्ति के लिए जहां दीनता से मुंह ऊपर उठाकर गिड़गिड़ाकर बोलना पड़ता है, ऐसी तुच्छ बना देने वाली सेवा को विद्वानों ने ठीक ही 'कुत्ते की जीविका' कहा है। *(घूमकर, देखकर)* आर्य चाणक्य का ही तो घर है। मैं प्रवेश करूं। *(प्रवेश करके देखकर)* अहा! राजाधिराज के मन्त्री के घर का कैसा वैभव है! एक ओर कण्डों को फोड़ने के लिए पत्थर का टुकड़ा पड़ा है और इधर यह ब्रह्मचारियों से लाई हुई कुशा का ढेर है। सूखती समिधाओं से दबे हुए छज्जे वाला, टूटी-फूटी दीवारों से सुशोभित कैसा घर है! ठीक है। तभी तो यह देव चन्द्रगुप्त को वृषल कहते हैं। सत्यवादी भी जब दीन बनकर निरन्तर गुणहीन राजा की स्तुति करते हैं, तब वे तृष्णा के ही मारे हुए होते हैं। पर जो निरीह-निःस्पृह हैं, उन्हें तो स्वामी

भी तिनके जैसा दिखाई पड़ता है। (देखकर, भय से) आर्य चाणक्य बैठे हैं। इन्होंने मन्त्रियों को तिरस्कृत कर दिया। एक ही समय नन्द का अस्त और चन्द्रगुप्त का उदय कर दिया। ये तो अपने तेज से उस सहस्त्र रश्मि सूर्य को भी पराजित कर रहे हैं, जो लोकालोक पर्वत को तपाकर क्रम से शीत और उष्णता प्रदान करता है।[1] *(घुटनों के बल भूमि पर बैठकर प्रणाम करके)* आर्य की जय!

चाणक्य : *(देखकर)* वैहीनरे! कैसे आए?

कंचुकी : आर्य! शीघ्रतर प्रणाम करते हुए राजाओं की मुकुट-मणि की प्रभा से पीले सुनहले-से चरणों वाले स्वनाधन्य,देव चन्द्रगुप्त सिर झुकाकर निवेदन करते हैं कि यदि आवश्यक कार्य में किसी प्रकार की बाधा न हो तो आर्य को देखना चाहता हूं।

चाणक्य : वृषल मुझे देखना चाहता है? वैहीनरे! कहीं मैंने जो कौमुदी-महोत्सव का निषेध किया है, वह वृषल ने सुन तो नहीं लिया?

कंचुकी : हां आर्य! सुन लिया है।

चाणक्य : *(क्रोध से)* किसने कहा?

कंचुकी : *(डरकर) आर्य!* प्रसन्न हों! स्वयं सुगांग प्रासाद के शिखर पर गए देव ने ही देखा कि कुसुमपुर में कोई उत्सव नहीं हो रहा था।

चाणक्य : अब मैं समझा। तुम्हीं लोगों ने मेरी अनुपस्थिाति में वृषल को भड़काकर क्रुद्ध कर दिया है।

[कंचुकी भयभीत-सा सिर झुकाए खड़ा रहता है।]

चाणक्य : ओह! राजा के परिजनों को चाणक्य से इतना द्वेष है? हां, अब वृषल कहां है?

कंचुकी : *(भय से)* आर्य! सुगांग प्रासाद में आए हुए देव ने ही मुझे आर्य के चरणों में भेजा है।

चाणक्य : *(उठकर)* कंचुकी! चलो, प्रासाद चलो।

कंचुकी : चलिए आर्य।

[घूमते हैं।]

कंचुकी : लीजिए सुगांग प्रासाद आ गया। आर्य ऊपर चढ़ें-आराम से।

---

1. पुराने भूगोल के अनुसार पृथ्वी एक पर्वत से घिरी है। उसके एक ओर लोक (उजाला) और दूसरी ओर अलोक (अंधेरा) है। इसको 'लोकालोक' कहते हैं।

चाणाक्य : *(चढ़कर, प्रसन्नता से देखकर, स्वगत)* ओह! सिंहासन पर वृषल बैठा है। धन्य ! धन्य! जिनका वैभव कुबेर को भी अपमानित करता था, उन नन्दों से मुक्त यह सिंहासन राजराज वृषल जैसे योग्य राजा से सुशोभित है। यह सब मुझे अत्यन्त सुख दे रहा है। (पास जाकर) वृषल की जय!

राजा : *(सिंहासन से उठकर चाणक्य के पांव पकड़कर)* आर्य! चन्द्रगुप्त प्रणाम करता है।

चाणक्य : *(हाथ पकड़कर)* उठो वत्स! उठो। जाह्नवी की धारा से शीतल हिमालय से लेकर रंग-बिंरगी रत्नप्रभा से शोभित दक्षिण समुद्र तक के राजा, भयभीत और नतशिर-से तुम्हारे चरणों के नखों को अपने रत्नजटित मुकुटों की मणि-प्रभातों से सदैव सुन्दर बनाते रहें।

राजा : आर्य के प्रसाद के प्रताप से इसका अनुभव प्राप्त करता हूं। बैठें आर्य।]

[दोनों यथायोग्य आसनों पर बैठते हैं।]

चाणक्य : वृषल! हमें क्यों बुलाया गया है?

राजा : आर्य के दर्शन से अपने को अनुगृहीत करने।

चाणक्य : *(मुस्कराकर)* इस नम्रता को रहने दो वृषल! अधिकारी कार्यकर्त्ताओं को स्वामी व्यर्थ ही नहीं बुलाते, प्रयोजन बताओ।

राजा : आर्य! आपने कौमुदी-महोत्सव रोकने में क्या फल देखा है?

चाणक्य : *(मुस्कराकर)* तो वृषल ने हमें ताना मारने को बुलाया है?

राजा : नही आर्य! उपालम्भ को नहीं।

चाणक्य : तो फिर?

राजा : निवेदन करने।

चाणक्य : वृषल! यदि यही बात है तो शिष्य गुरु की आज्ञा का पालन करे।

राजा : इसमें क्या सन्देह है आर्य! परन्तु कभी आर्य कोई बात बिना कोई कारण नहीं करते, यही पूछता हूं।

चाणक्य : वृषल! ठीक समझ गए। स्वप्न में भी चाणक्य कोई बात व्यर्थ नहीं करता।

राजा : तो आर्य! वह प्रयोजन मुझे बताएं। इच्छा पूछने की प्रेरणा देती है।

चाणक्य : वृषल! सुनो। अर्थशास्त्रकारों ने तीन प्रकार की सिद्धियों का वर्णन किया है—राजा के अधीन रहने वाली, मन्त्री के अधीन रहने वाली और दोनों के अधीन रहने वाली। यह मन्त्री के अधीन रहने वाली सिद्धि है, इससे तुम्हें क्या लाभ होगा? हमारा काम है, हमीं नियुक्त हैं, हम ही जानते हैं।

[राजा क्रोध से मुंह फेर लेता है। उस समय नेपथ्य से दो वैतालिक कविता सुनाते हैं।]

एक वैतालिक :

कौमुदी-सी श्वेत मुण्डों की गले में माल पहने,
कांस कुसुमों-से गगन को भस्म-सी उज्ज्वल बनाती,
चंद्रमा की रश्मियों से मेघ-से नीले गहनतम,
गज-अजिन को रंग रही-सी, जगमगाती,
अट्टहास-निरत सदाशिव-सी शरद् ऋतु यह सुहानी,
राजहंसों से सुशोभित, अब करे पीड़ा अजानी।
दूर कर दे क्लेश ये सारे तुम्हारे रूपशालिनि!
निर्मला कल्याण भर दे, सुख निरत भर दे सुहासिनि!

और

जो फनों पर शीश धर कर सो रहे थे,
वह सुविस्तृत शेषशय्या त्यागने को,
खोलते तत्काल अपने प्रिय नयन हैं,
विष्णु अपनी नींद से उठ जागने को,
अलस अंगड़ाई सजल जिसको गई कर
रत्नमणियों की प्रभा ने चौंधिया दी जो नमित कर
दृष्टि वह हरि की करे रक्षा तुम्हारी
है यही शुभ कामना मन में हमारी।

दूसरा वैतालिक :

स्वयं विधाता ने ही जग में
किसी महत् अनिर्वचनीय रे-
कारण से निर्माण किया है,
हे नरेन्द्र! जय श्लाघनीय रे
तुम मद गज यूथों को करते,

वश में, सतत पराजित करते,
सार्वभौम शासक महान् हो
वीरों में नर-पुंगव लगते!
अतुल पराक्रम फैल रहा है
सबपर छाया हुआ क्रांत रे,
कौन सिंह की दाड़ उखाड़े
कौन हो उठे भला भ्रांत रे!
तुम न सहोगे निज आज्ञा का
उल्लंघन हे शत्रु विनाशी!
सदा रहे यह जयमय वैभव,
गरिमा रहे सदा बन दासी!

और

जाने कितने ही शरीर पर
अलंकार धारण करते हैं,
पर क्या आभूषण-धारण से
हर कोई स्वामी बनता है?
तुम जैसे महिमावन्त वीर ही
अपनी गरिमा से रहते हैं—
जिनका शब्द न टले एक भी
उनको जग स्वामी कहता है।

चाणक्य : *(सुनकर स्वगत)* प्रारंभ में तो देवता-विशेष की स्तुति करके शरद् ऋतु का वर्णन करते हुए एक आशीर्वाद था। परन्तु दूसरे ने क्या कहा, समझ में ठीक नहीं बैठता। (सोचकर) ओह! समझा! यह राक्षस का ही प्रयोग है। अरे दुरात्मा राक्षस! मैं तुझे देख रहा हूं। कौटिल्य जागरूक है।

राजा : आर्य वैहीनरे! इन वैतालिकों को एक लाख सुवर्ण[1] दिलवा दो।

कंचुकी : जैसी देव की आज्ञा।

[उठकर चलता है।]

चाणक्य : *(क्रोध से)* वैहीनरे! ठहर! रुक जा! वृषल, इस अनुचित स्थान में इतना धन क्यों व्यय कर रहे हो?

---

1. सोने के सिक्के

राजा : ऐसे जो हर तरह आप मेरी इच्छाओं में रुकावट डालेंगे तो यह मेरे लिए राज्य क्या है, बन्धन है!

चाणक्य : वृषल! जो राजा स्वतंत्र नहीं होते उनमें ये दोष होते हैं। यदि तुम सहन नहीं करते तो स्वयं अपना राज्य चलाओ।

राजा : मैं स्वयं अपना काम कर लूंगा।

चाणक्य : बहुत अच्छा है हमारे लिए! हम भी अपने काम में लगेंगे।

राजा : यही बात है तो मुझे कौमुदी-महोत्सव रोकने का कारण बता दिया जाए।

चाणक्य : और मैं भी यह सुनना चाहता हूं वृषल! कि उसे मनाने से क्या लाभ था?

राजा : सबसे पहले तो मेरी आज्ञा का पालन था।

चाणक्य : उसीका उल्लंघन करना तो मेरा सबसे पहला प्रयोजन था वृषल! सुनना चाहते हो क्यों? तमाल की नई कोंपलों के-से काले किनारे वाले और अत्यन्त भयानक मगरमच्छ से उठाई हुई तरंगों से भरे, चारों समुद्रों के पार से आए हुए राजागण माला की तरह तुम्हारी आज्ञा को जो सिर पर धारण किया करते हैं, वह आज्ञा भी मेरे ही कारण तुम्हारे इस स्वामित्व को स्थित किए हुए है।

राजा : और दूसरा क्या है?

चाणक्य : वह भी कहता हूं।

राजा : कहिए।

चाणक्य : शोणोत्तरे! शोणोत्तरे! मेरी आज्ञा से अचलदत्त कायस्थ से कहो कि उन भद्रभट आदि का लिखा पत्र दे, जो चन्द्रगुप्त से स्नेह न रखकर मलयकेतु-आश्रित हो गए हैं।

प्रतिहारी : जैसी आर्य की आज्ञा। *(प्रस्थान, फिर प्रवेश कर)* आर्य! यह रहा पत्र।

चाणक्य : *(लेकर)* वृषल! सुनो।

राजा : मेरा ध्यान लगा है।

चाणक्य : *(पढ़ता है)* "कल्याण हो! स्वनामधन्य देव चन्द्रगुप्त के साथ उत्थान करने वाले वे लोग जो नगर से भागकर अब मलयकेतु के आश्रित हो गए हैं, यह उन्हीं प्रधान पुरुषों का प्रमाणपत्र है। इसमें गजाध्यक्ष भद्रभट, अश्वाध्यक्ष पुरुषदत्त, प्रधान द्वारपाल चन्द्रभानु का भांजा हिंगुरात, देव का स्वजन बलगुप्त, देव की

बाल्यावस्था का सेवक राजसेन, सेनानायक सिंहबल का अनुज भागुरायण, मालवराज का पुत्र लोहिताक्ष और क्षत्रियगण में मुख्यतम विजयवर्मा हैं। *(स्वगत)* हम देव का कार्य ही कर रहे है।'' *(प्रकट)* यही पत्र है।

राजा : आर्य! इन सबको मुझसे अनुराग क्यों नहीं रहा, यही जानना चाहता हूं।

चाणक्य : सुनो वृषल! ये जो गजाध्यक्ष भद्रभट और अश्वाध्यक्ष पुरुषदत्त थे, ये दोनों स्त्री, मद्य और मृगया में लगे रहने के कारण हाथी और घोड़ों की ठीक से देखभाल नहीं करते थे, तभी मैंने इन्हें पदच्युत कर दिया। जीविका न रहने पर ये लोग भाग गए और मलयकेतु के यहां जाकर इन्हीं कामों में लग गए। ये जो हिंगुरात और बलगुप्त हैं, अत्यन्त लोभी हैं और हमारे दिए धन को कम समझकर और यह सोचकर कि वहां ज्यादा मिलेगा, मलयकेतु से जा मिले। और तुम्हारा बचपन का सेवक राजसेन तो इसलिए भाग गया कि उसे यह शंका हो गई कि तुम्हारे अनुग्रह से जो उसे आवश्यकता से अधिक हाथी, घोड़े, कोष मिले थे, वे कहीं छीन न लिए जाएं। सेनापति सिंहबल का अनुज भागुरायण पर्वतक का मित्र था। उसी ने मलयकेतु को एकांत में डराया था कि चाणक्य ने ही उसके पिता पर्वतेश्वर को मारा। उसी के कारण मलयकेतु भाग गया। जब तुम्हारे विरोधी चन्दनदास आदि पकड़े गए तब उसे डर हो गया कि कहीं उसका दोष प्रकट न हो जाए। वह भी मलयकेतु के आश्रय में चला गया। मलयकेतु ने उसे अपना जीवन-रक्षक समझकर, कृतज्ञता दिखाकर, अपना मन्त्री बना लिया। लोहिताक्ष और विजय वर्मा अत्यन्त अहंकारी थे। जो धन तुमने उनके सम्बन्धियों को दिया उसे वे न सहकर उधर चले गए। यही है न इन सबके वैराग्य का कारण?

राजा : किन्तु आर्य, जब आप सबकी उदासीनता का कारण जानते थे तब आपने उसका निराकरण करने का यत्न क्यों नहीं किया?

चाणक्य : क्योंकि इसकी आवश्यकता नहीं थी। यह उचित नहीं था।

राजा : क्या असामर्थ्य के कारण? या कोई और बात थी?

चाणक्य : असामर्थ्य कैसी? सबका कारण था।

राजा : पूछ सकता हूं?

चाणक्य : वृषल! सुनो और समझो।

राजा : दोनों काम कर रहा हूं, आर्य! कहिए।

चाणक्य : वृषल! जब प्रजा में अनुराग नहीं रहता तो उसको साधने के दो तरीके होते हैं-अनुग्रह या निग्रह। क्या दया का अर्थ था कि मैं भद्रभट और पुरुषदत्त को फिर उनके पदों पर नियुक्त कर देता और वे व्यसनी अधिकार पाकर सारे राज्य के हाथी-घोड़ों को नष्ट कर डालते? सारा राज्य पाकर भी जो संतुष्ट नहीं होते ऐसे लोभी हिंगुरात और बलगुप्त पर मैं दया करता? धन-जीवन के नाश-भय से चंचल राजसेन और भागुरायण पर दया कैसे की जाती, उन्होंने अवसर ही कब दिया? और जो अपने सम्बन्धियों के धन को न सह सके उन अंहकारी लोहिताक्ष और विजय वर्मा से अनुग्रह कैसे किया जाता? इसलिए मैंने निग्रह अपनाया। पर अभी-अभी नंद का वैभव प्राप्त करने वाले हम लोग यदि प्रधान सहायक पुरुषों को कठोर दण्ड से पीड़ित करते तो नंद वंश में अभी तक स्नेह रखने वाली प्रजा हमारा विरोध करती। इसलिए मैंने निग्रह भी छोड़ दिया। इस समय हमारे सेवकों को आश्रय देने वाला, पिता की मृत्यु से क्रुद्ध मलयकेतु, राक्षस की नीति से प्रेरित होकर, विशाल म्लेच्छ सेना के साथ हम पर आक्रमण करने को आने वाला है। यह पुरुषार्थ का समय है या उत्सव मनाने का? जब दुर्ग की तैयारी आवश्यक हो, तब कौमुदी महोत्सव से क्या लाभ होगा? इसीलिए मैंने इसका निषेध किया।

राजा : आर्य! इस बारे में तो अभी बहुत कुछ पूछने योग्य है।

चाणक्य : वृषल! विश्वस्त होकर पूछो। मुझे भी इस बारे में बहुत कुछ कहना है।

राजा : तो कहें! मैं पूछता हूं।

चाणक्य : अच्छा, मैं भी कहता हूं।

राजा : जो हमारी हानि की जड़ है, उस मलयकेतु को भागते समय क्यों उपेक्षा करके छोड़ दिया गया?

चाणक्य : वृषल! यदि उपेक्षा न की जाती तो दो ही तरीके थे। या तो उसे पकड़ा जाता, या उस पर दया की जाती। दया करने से तो पहले से प्रतिज्ञा किया हुआ आधा राज्य देना पड़ता। और दण्ड में हमें यह कलंक भी स्वीकार करना ही पड़ता कि हमीं ने पर्वतक को कृतघ्नतापूर्वक मरवा डाला। और प्रतिज्ञा किया हुआ आधा राज्य

देकर भी तो यही होता कि पर्वतक की हत्या केवल कृतघ्नता-मात्र ही फलित होती। इसीलिए मैंने भागते हुए मलयकेतु की उपेक्षा कर दी।

राजा : यह है उत्तर आपका? लेकिन इसी नगर में रहते राक्षस की उपेक्षा क्यों की? इसके लिए आपके पास क्या उत्तर है?

चाणक्य : राक्षस आपने स्वामी का बहुत ही भक्त था। वह बहुत दिनों से अमात्य था। नन्द की शीलपरायण प्रजा को उसपर विश्वास था। वह बुद्धि, उत्साह, सहायकों और कोषबल से इसी नगर में रहता हुआ एक भयानक आंतरिक विद्रोह फैला देता। दूर रहने पर वह बाहर से क्रोध उत्पन्न अवश्य करेगा, पर उसका प्रतिकार असाध्य नहीं होगा, यही सोचकर मैंने उसे भी भागते देखकर उपेक्षा कर दी।

राजा : जब वह यहीं था तभी क्यों न उपायों से उसे वश में कर लिया गया?

चाणक्य : यह कैसे सम्भव था! उपायों से ही तो हमने उस छाती में गड़े शूल को दूर कर दिया। और दूर करने का कारण भी बता दिया।

राजा : आर्य, क्या उसे बलपूर्वक नहीं पकड़ा जा सकता था?

चाणक्य : वृषल! यदि तुम उसे बलपूर्वक पकड़ते तो वह स्वयं मर जाता या तुम्हारी सेना को मार देता। दोनों ही स्थितियां अनुचित थीं। आक्रमण के समय यदि वह मारा जाता तो वैसा अलौकिक व्यक्ति फिर न मिलता, वृषल! हम सदा के लिए उससे वंचित रह जाते। यदि वह तुम्हारी सेना को नष्ट कर देता तो क्या कम दुःख की बात थी, वह तो जंगली हाथी के समान ही तरह-तरह के कौशल से पकड़ा जाए, यही उचित है।

राजा : आपको बुद्धि से हम नहीं जीत सकते। अमात्य राक्षस ही सर्वथा प्रशंसनीय है।

चाणक्य : *(क्रोध से)* रुक क्यों गए? वाक्य पूरा करो कि 'आप नहीं हैं।' किन्तु वृषल, यह भी मत समझो! उसने किया ही क्या है?

राजा : यदि आप नहीं जानते तो सुनिए। वह महात्मा हमारे जीते नगर में ही, हमारे कंठ पर पांव रखकर अपनी इच्छा से रहता रहा। जब सेना का जय-जयकार आदि हुआ तब उसने कामों में बाधा डाली। हमको अपनी नीति की चतुरता से उसने ऐसा मोहित कर दिया कि हमें अब अपने ही विश्वसनीय जनों में विश्वास नहीं होता।

चाणक्य : *(हंसकर)* वृषल! यह सब राक्षस ने किया?

राजा : और क्या? यह अमात्य राक्षस का ही काम है।

चाणक्य : वृषल, मुझे तो ऐसा लगा, जैसे उसने नंद की ही तरह तुम्हें उखाड़कर मलयकेतु को सिंहासन पर बैठा दिया हो!

राजा : ताना न मारिए, आर्य! सब कुछ भाग्य ने किया। इसमें आपका क्या है?

चाणक्य : अरे ईर्ष्यालु! भंयकर क्रोध से टेढ़ी उंगली से शिखा खोलकर, सबके सामने ही समूल सर्व परिवार समेत शत्रु-विनाश करने की बहुत बड़ी प्रतिज्ञा करके मेरे अतिरिक्त और कौन है, जिसने निन्यानवे करोड़ के स्वामी उन अंहकारी नन्दों को राक्षस के देखते-देखते ही पशु की तरह मार डाला है? आकाश में पंखों को स्थिर करके घेरा डालने वाले गिद्धों के-से काले धुएं से जो दिशाओं को मेघाच्छादित करके सूर्य का भी तेज ढके दे रही हैं और जिन्होंने श्मशान के प्राणियों को नन्दों के शवों से आनंदित किया है, वे प्रचंड अग्नियां उनके अंगों से वही चर्बी पी-पीकर अभी भी शान्त नहीं हुई हैं। उन्हें देखते हो?

राजा : यह किसी और ने ही किया है।

चाणक्य : किसने?

राजा : नन्द कुल के द्वेषी दैव ने!

चाणक्य : अज्ञानी ही दैव को प्रमाण मानते हैं।

राजा : विद्वान कभी स्वयं अपनी प्रशंसा नहीं करते।

चाणक्य : *(क्रोध से)* वृषल! वृषल!! तुम मुझपर सेवक की भांति ही शासन चलाना चाहते हो! मेरा हाथ फिर बंधी हुई शिखा को खोलने को तैयार हो रहा है···(पृथ्वी पर पैर पटककर) और एक बार फिर मेरा पांव प्रतिज्ञा करने को आगे उठना चाहता है। नंदों का नाश करके जो मेरी क्रोधाग्नि शान्त हो रही है, उसे तू फिर काल से प्रेरित होकर प्रज्वलित कर रहा है।

राजा : *(घबराकर, स्वगत)* अरे! क्या आर्य सचमुच क्रुद्व हो गए? क्रोध से इनकी पलकों से निकले जल के क्षीण हो जाने पर भी आंखें लाल-लाल दीख रही हैं। टेढ़ी भृकुटि क्रोध का धुआं बन गई है। चाणक्य के चरण-प्रहार को ताण्डव नृत्य के समय रुद्र का ध्यान करती थर-थर कांपती धरती ने न जाने कैसे सहन किया

है!

चाणक्य : (नकली क्रोध छोड़कर) वृषल! वृषल! ! बस, अब सवाल-जवाब रहने दो। यदि राक्षस को अच्छा समझते हो तो यह शस्त्र उसे ही दे देना। *(शस्त्र छोड़कर, उठकर आकाश को एकटक देखकर, स्वगत)* राक्षस! राक्षस!! कौटिल्य की बुद्धि को जीतने वाली तुम्हारी बुद्धि की यही उन्नति है?...'मैं चाणक्य के प्रति श्रद्धा न रखने वाले चन्द्रगुप्त पर चैन से विजय प्राप्त कर लूंगा'—इस विचार से जो तूने षड्यंत्र रचा है...अरे नीच, आ उसी में फंस! यही तेरा अहित करे। *(प्रस्थान)*

राजा : आर्य वैहीनरे! आज से चाणक्य को अनादृत करके चन्द्रगुप्त स्वयं राज्य करेगा-सबमें यही सूचित करा दो।

कंचुकी : *(स्वगत)* क्या बिना किसी आदरसूचक शब्द के ही चाणक्य नाम कह दिया? आर्य चाणक्य नहीं कहा? हाय, सचमुच ही अधिकार ले लिया गया! किन्तु इसमें देव का भी क्या दोष! यह दोष भी मन्त्री का ही है कि राजा कुछ अनुचित कर बैठे। महावत के प्रमाद से ही तो हाथी दुष्ट की संज्ञा पाता है।

राजा : आर्य, क्या सोच रहे हैं?

कंचुकी : देव, कुछ, नहीं। किन्तु निवेदन है कि सौभाग्य से देव वास्तव में आज ही देव हुए हैं।

राजा : *(स्वगत)* जब हमें लोग ऐसा सचमुच ही समझ रहे हैं, तब अपने कार्य की सिद्धि चाहने वाले आप अवश्य सफल हों! (प्रकट) शोणोत्तरे! इस शुष्क कलह से मेरे सिर में पीड़ा हो रही है। चल, शयन-गृह का मार्ग दिखा।

प्रतिहारी : इधर, महाराज, इधर से!

राजा : (आसन से उठकर, स्वगत) आर्य की आज्ञा से गौरव का उल्लंघन करने पर मेरी बुद्धि पृथ्वी में समा जाना चाहती है। फिर जो लोग सचमुच ही बड़ों का आदर नहीं करते, लज्जा से उनके हृदय क्यों नहीं फट जाते?

[सबका प्रस्थान]

[तीसरा अंक समाप्त]

चौथा अंक

[पथिक-वेश में एक पुरुष का प्रवेश]

पुरुष : आश्चर्य, परम आश्चर्य! स्वामी की आज्ञा के उल्लंघन का भय न हो तो कौन इस तरह सैकड़ों योजनों तक ऐसे मारा-मारा फिरे? राक्षस अमात्य के घर ही चलूं। *(थका-सा घूमकर)* अरे, कोई दौवारिकों में से है यहां? स्वामी अमात्य राक्षस से निवेदन करो कि करभक करभक[1] की तरह ही कार्य सिद्ध करके पाटलिपुत्र से आया है।

दौवारिक : *(प्रवेश कर)* भद्र! धीरे बोलो। स्वामी अमात्य राक्षस को कार्य-चिन्ता से जागते रहने के कारण सिर में दर्द है। वे अभी तक शैया पर ही हैं। जरा रुको। मैं अवसर पाकर अभी तुम्हारे बारे में निवेदन करता हूं।

पुरुष : अच्छी बात है।

[शैया पर लेटे राक्षस और आसन पर बैठे शकटदास का चिन्ताग्रस्त रूप में प्रवेश]

राक्षस : *(स्वगत)* कार्य के प्रारम्भ करने पर भाग्य की प्रतिकूलता के विषय में विचार करने से और चाणक्य की सहज कुटिल बुद्धि के बारे में सोचने से तथा मेरी हर चाल कटते रहने से, यह कैसे होगा, यह सिद्धि कैसे मिलेगी—यही सोचते हुए मेरी रातें जागते ही जागते बीत रही हैं! ज़रा-सी बात को लेकर चलते हुए, प्रारम्भ करके, फिर विस्तार करके, गुप्त बातों को गूढ़ रीति से धीरे-धीरे प्रकट

---

1. हाथी का बच्चा।

करके, कर्तव्य कर्तव्य को जानते हुए, उस तमाम फैलाव को फिर समेटने के इस क्लेश को या तो नाटककार अनुभव करता है या हमारे जैसा आदमी![1] इतने पर भी दुरात्मा चाणक्य...

दौवारिक : *(पास जाकर)* जय! जय!

राक्षस : *(स्वगत)* पराजित किया जा सकता है...

दौवारिक : अमात्य!

राक्षस : *(बाईं आंख फड़फड़ाना सूचित करके, स्वगत)* दुरात्मा चाणक्य की जय! और पराजित किया जा सकता है अमात्य! यह क्या सरस्वती बोल रही है बाईं आंख फड़काकर? फिर भी उद्यम नहीं छोड़ना चाहिए। *(प्रकट)* भद्र, क्या कहते हो?

दौवारिक : अमात्य! करभक पाटलिपुत्र से आया है और आपसे मिलना चाहता है।

राक्षस : उसे बिना रोक-टोक के अन्दर प्रवेश कराओ।

दौवारिक : जैसी अमात्य की आज्ञा *(निकलकर, पुरुष के पास जाकर)* भद्द! अमात्य राक्षस ये रहे। उनके पास चले जाओ। *(प्रस्थान)*

करभक : *(राक्षस के पास पहुंचकर)* अमात्य की जय!

राक्षस : *(देखकर)* स्वागत है! भद्र करभक, बैठो।

करभक : जैसी आज्ञा, अमात्य! (भूमि पर बैठता है।)

राक्षस : (स्वगत) इस दूत को मैंने किस कार्य में लगाया था, वह काम की बाढ़ में याद नहीं आ रहा। (सोचता है)

[हाथ में बेंत लिए एक और पुरुष का प्रवेश]

पुरुष : हटो आर्यो! हटो! हटो! हटो! क्या नहीं देख पाते? सुमेरु पर्वत वासी और कल्याणमय नरेशों का दर्शन पुण्यहीनों के लिए दुर्लभ है। (फिर उनके पास रहना तो बिल्कुल ही दुर्लभ है) (आकाश देखकर) आर्य! क्या कहा कि क्यों हटाया जा रहा है? आर्य, कुमार मलयकेतु यह सुनकर, कि अमात्य राक्षस के सिर में दर्द है, उन्हें देखने आ रहे है; इसलिए हटाया जा रहा है। (प्रस्थान)

[मलयकेतु के पीछे भागुरायण और कंचुकी का प्रवेश]

---

1. नाटककार प्रस्तावना में छोटा विषय लेकर, परिकर को प्रतिमुख सन्धि में चाहता हुआ, गर्भ सन्धि में दुर्बोध अर्थ को गुप्त रीति से दिखाता है। विमर्श सन्धि में उसपर विचार करता है तथा विवर्हण सन्धि में विस्तृत वस्तु का संकोच करता है।

मलयकेतु : *(दीर्घ श्वास लेकर, स्वगत)* आज पिता को गए[1] दस महीने बीत गए। बेकार यत्न करते हुए मैंने अभी तक उनके लिए जलांजलि भी नहीं दी। यह मैंने पहले ही प्रण किया है कि जैसे मेरी माता का छाती पीटने से रत्न-कंकण टूट गया, दुपट्टा अपने स्थान से खिसककर गिर पड़ा, निरन्तर हाहाकर करके करुण विलाप करते समय केश अस्त-व्यस्त और रूखे हो गए, वैसे ही जब तक मैं शत्रुओं की स्त्रियों को भी नहीं बना दूंगा, तब तक पिता का तर्पण नहीं करूंगा। और व्यर्थ क्यों सोचूं? या तो वीर की भांति पिता के रास्ते पर चलूंगा, या अपनी माता के आंखों के आंसुओं को शत्रु-स्त्रियों की आंखों में पहुंचा दूंगा। *(प्रकट)* आर्य जाजलि! मेरी आज्ञा से अनुयायी राजाओं से कहो कि मैं अचानक ही अकेला जाकर अमात्य राक्षस के प्रति प्रेम प्रकट करूंगा। अतः मेरे पीछे चलने का कष्ट छोड़ दें।

कंचुकी : जो आज्ञा, कुमार! *(घूमकर, आकाश को देखकर)* हे राजागण! कुमार की आज्ञा है कि उनके पीछे कोई न आए। *(देखकर प्रसन्नता से)* कुमार! कुमार! लीजिए, आज्ञा सुनते ही राजा लौट गए। देखिए, कुमार! कुछ राजाओं ने कड़ी लगाम खीच दीं, जिसके कारण चंचल, टेढ़ी और ऊंची गर्दन वाले घोड़े रुक गए। वे खुरों से धरती खोदते आकाश को फाड़े दे रहे हैं। रुक जाने से ऊंचे हाथियों के घण्टे रुक गये। वे भी लौट चले। देव! ये भूमिपाल समुद्र की भांति ही आपकी मर्यादा का उल्लंघन नहीं करते।

मलयकेतु : आर्य जाजलि! तुम भी परिजनों के साथ लौट जाओ। अकेले भागुरायण ही मेरे साथ चलें।

कंचुकी : जो आज्ञा कुमार! *(परिजनों के साथ प्रस्थान)*

मलयकेतु : मित्र भागुरायण, यहां आए भद्रभट आदि ने मुझसे निवेदन किया था कि अमात्य राक्षस के कारण आपका आश्रय नहीं ले रहे, बल्कि दुष्ट मन्त्री के बस में हुए चन्द्रगुप्त से उदासीन होकर हम, आपके सेनापति शिखरसेन के अवलम्ब से, केवल आपके गुणों का आश्रय ले रहे हैं। मैंने बहुत सोचा, पर समझ नहीं पाया कि उनका मतलब क्या था।

1. मरे।

भागुरायण : कुमार! यह तो बहुत कठिन नहीं है। विजय की ओर उन्मुख, अच्छे गुणी का आश्रय लेना तो ठीक ही है।

मलयकेतु : मित्र भागुरायण! अमात्य राक्षस ही हमारे सबसे अधिक प्रिय और सबसे अधिक भला चाहने वाले हैं।

भागुरायण : कुमार! ठीक बात है। किन्तु अमात्य राक्षस को चाणक्य से वैर है, चन्द्रगुप्त से नहीं। हो सकता है, कभी चन्द्रगुप्त अंहकारी चाणक्य को असह्य समझकर हटा दे। तब अमात्य राक्षस की जो नन्द कुल में श्रद्धा है, वह चन्द्रगुप्त को भी उसी वंश का जानकर अपने मित्रों के प्राण बचाने की ओर प्रेरित करे और वह चन्द्रगुप्त से संधि कर ले। और चन्द्रगुप्त भी कहीं यह सोचकर कि आखिर तो मेरे पिता का पुराना सेवक है, संधि को मान ले। ऐसे समय में फिर कुभार हमारा विश्वास नहीं करेंगे, यही शायद इन लोगों का मतलब हो सकता है।

मलयकेतु : हो सकता है। मित्र भागुरायण! अमात्य राक्षस के भवन का मार्ग दिखाओ।

भागुरायण : इधर से कुमार! आइए। (दोनों घूमते हैं।) कुमार! यही अमात्य राक्षस का घर है। प्रवेश करें।

मलयकेतु : चलो।

[दोनों प्रवेश करते हैं।]

राक्षस : *(स्वगत)* ओह! याद आ गया। *(प्रकट)* भद्र! क्या तुम कुसुमपुर में स्तनकलश नामक वैतालिक से मिले?

करभक : जी हां, अमात्य!

मलयकेतु : मित्र भागुरायण! कुसुमपुर की बात हो रही है। यहीं से सुनना चाहिए। क्योंकि मंत्री लोग अपनी स्पष्ट और स्वतंत्र रूप से होने वाली बात के रहस्य खुल जाने के डर से राजाओं के सामने उसे और ही ढंग से कह देते हैं।

भागुरायण : जो आज्ञा।

राक्षस : भद्र! क्या वह कार्य सिद्ध हुआ?

करभक : आपकी कृपा से सिद्ध हुआ।

मलयकेतु : मित्र भागुरायण! कौन-सा कार्य?

भागुरायण : कुमार! अमात्य का समाचार बड़ा गम्भीर है, इससे क्या पता चलेगा। अतः ध्यान से सुनिए।

राक्षस : भद्र! पूरी बात कहो।

करभक : अमात्य! सुनिए, आपने मुझे आज्ञा दी थी कि करभक, मेरी आज्ञा से स्तनकलश नामक वैतालिक से कहना कि दुरात्मा चाणक्य के आज्ञा भंग करने पर तुम चन्द्रगुप्त को उकसाना।

राक्षस : तब?

करभक : तब मैंने पाटलिपुत्र जाकर आपका आदेश स्तनकलश को सुना दिया।

राक्षस : अच्छा! फिर?

करभक : इसी बीच चन्द्रगुप्त ने नंद कुल के नाश से दुःखी नागरिकों को सन्तोष देने को कौमुदी महोत्सव मनाने की आज्ञा दे दी। बहुत दिनों के बाद मनाए जाते उत्सव की बात सुनकर प्रजा ने उसका वैसे ही स्वागत किया जैसे कोई अपने बंधुजन के आने पर करता है।

राक्षस : *(आंखों में आंसू भरकर)* हा देव! नन्द! संसार को आनन्द देने वाले राजाओं के चन्द्रमा! कुमुदों को आनन्द देने वाले चन्द्रमा और नागरिकों को सुख देने वाले चन्द्रगुप्त के रहते हुए भी आपके बिना क्या तो कौमुदी और क्या उसका महोत्सव! हां, भद्र! फिर ...?

करभक : अमात्य! तब चन्द्रगुप्त के न चाहने पर भी नयन-रंजन उत्सव का दुरात्मा चाणक्य ने निषेध कर दिया। इसी समय स्तनकलश ने चन्द्रगुप्त को आवेश दिलाने वाली पद्यावली पढ़ी।

राक्षस : क्या कविता थी?

करभक : उसका भाव था कि चन्द्रगुप्त राजाधिराज है, उसकी आज्ञा का उल्लघंन करके कौन बचेगा! बात लग गई।

राक्षस : *(सहर्ष)* धन्य! स्तनकलश! धन्य! तुमने ठीक सगय पर सूत्रपात किया। इससे अवश्य ही फल निकलेगा। साधारण व्यक्ति भी अपने आन्दोत्सव में बाधा नहीं सह पाता, फिर लोकोत्तर तेजस्वी नरेन्द्र की तो बात ही क्या है!

मलयकेतु : यही बात है।

राक्षस : अच्छा, तब?

करभक : तब आज्ञा के उल्लंघन से चन्द्रगुप्त रुष्ट हो गया और आपके गुणों की प्रशंसा करके उसने दुरात्मा चाणक्य को उसके पद से हटा दिया।

मलयकेतु : सखे भागुरायण! लगता है, राक्षस की प्रशंसा कर चन्द्रगुप्त ने उसे अपना मान लिया।

भागुरायण : कुमार! प्रशंसा करके उतना नहीं माना जितना कि चाणक्य का अपमान करके।

राक्षस : भद्र! केवल कौमुदी महोत्सव ही दोनों के मनमुटाव का कारण है या कोई और भी है?

मलयकेतु : मित्र भागुरायण! चन्द्रगुप्त के और किसी क्रोध के कारण को जानने में इसे क्या लाभ है?

भागुरायण : कुमार, लाभ यही है कि अत्यन्त बुद्धिमान चाणक्य अकारण ही चन्द्रगुप्त को रुष्ट क्यों करेगा! और इतने-भर से कृतज्ञ चन्द्रगुप्त भी गौरव का उल्लघंन नही करेगा। इसलिए चाणक्य और चन्द्रगुप्त का जो भेद होगा, उसके पीछे कोई बड़ी बात अवश्य होगी।

करभक : अमात्य! चाणक्य पर चन्द्रगुप्त के क्रोध का कारण और भी है।

राक्षस : क्या है? वह क्या है?

करभक : सबसे पहले तो यही कि उसने आपकी और कुमार मलयकेतु की भागते समय क्यों उपेक्षा कर दी।

राक्षस : *(सहर्ष)* मित्र शकटदास! अब चन्द्रगुप्त मेरे हाथ में आ जाएगा। अब चन्दनदास बन्धन से छूटेगा। तुम्हारा पुत्र और स्त्री से मिलन होगा और जीवसिद्धि आदि के क्लेश भी दूर होंगे।

भागुरायण : *(स्वगत)* सचमुच, जीवसिद्धि का कष्ट दूर हो जाएगा,

मलयकेतु : मित्र भागुरायण! 'अब चन्द्रगुप्त मेरे हाथ में आ जाएगा' का क्या मतलब हो सकता है?

भागुरायण : और क्या होगा! यही कि चाणक्य से पृथक् पड़ गए चन्द्रगुप्त का उन्मूलन करने में यह कोई लाभ नहीं देखता।

राक्षस : भद्र! अधिकार छिनने पर चाणक्य कहां गया?

करभक : वहीं पाटलिपुत्र में ही रहता है।

राक्षस : *(घबराकर)* भद्र! वहीं रहता है? तपस्या करने वन में नहीं गया या उसने फिर कोई प्रतिज्ञा नहीं की?

करभक : अमात्य! सुना जाता है कि वह तपोवन में जाएगा।

राक्षस : *(घबराकर)* शकटदास! यह कुछ समझ में नहीं आता। जिसने पृथ्वी के स्वामी नन्द के द्वारा भोजन के आसन से उठाए जाने

के अपमान को नहीं सहा, वह अत्यन्त गर्वीला चाणक्य स्वयं चन्द्रगुप्त के द्वारा किया तिरस्कार कैसे सह गया!

मलयकेतु : मित्र भागुरायण! चाणक्य तपोवन जाए या फिर प्रतिज्ञा करे, इसमें इसका क्या स्वार्थ है?

भागुरायण : यह तो समझना कठिन नहीं कुमार! जैसे-जैसे दुरात्मा चाणक्य चन्द्रगुप्त से दूर होगा, वैसे-वैसे इसका स्वार्थ सधेगा।

शकटदास : जिस चन्द्रगुप्त के चरण अब राजाओं के, चूड़ामणियों की चन्द्रोपम कान्ति से युक्त केशों वाले, मस्तकों पर पड़ते हैं वह अपने ही आदमियों द्वारा अपनी आज्ञा का उल्लंघन सह सकता है! चाणक्य ने पहले दैववश ही सफलता पाई है, यह वह स्वयं भी जानता है और स्वयं अपने आचरण से दुःखी है। आगे परिणाम में कहीं असफलता न मिले, इसी भय से उसने दुबारा प्रतिज्ञा नहीं की।

राक्षस : मित्र शकटदास! ठीक है। अब जाओ और करभक्र को भी विश्राम दो।

शकटदास : जो आज्ञा। (करभक के साथ प्रस्थान)

राक्षस : मैं भी कुमार से मिलना चाहता हूं।

मलयकेतु : *(पास जाकर)* मैं स्वयं ही आपसे मिलने आ गया हूं।

राक्षस : *(देखकर)* अरे! कुमार ही आ गए! (आसन से उठकर) कुमार! इस आसन पर विराजें।

मलयकेतु : मैं बैठता हूं। आप भी बैठें।

[दोनों उचित आसनों पर बैठते हैं।]

आर्य! सिर के दर्द का क्या हाल है?

राक्षस : जब तक कुमार के नाम से अधिराज शब्द न जुड़ जाएगा तब तक सिर का दर्द कैसे कम होगा!

मलयकेतु : यह तो आपने स्वयं अंगीकार किया है, अतः कुछ दुर्लभ नहीं है। सेना भी इकट्ठी हो चुकी है, पर शत्रु पर आपत्तिकाल की प्रतीक्षा करते-करते हम कब तक यों ही उदासीन बैठे रहेंगे?

राक्षस : कुमार! अब समय व्यर्थ क्यों बिताया जाए? शत्रुओं पर विजय पाने को चढ़ाई करिए।

मलयकेतु : शत्रु पर कोई आपत्ति आई है, क्या ऐसा समाचार आया है?

राक्षस : जी हां, आया है।

मजयकेतु : क्या?

राक्षस : मंत्री की खबर है, और क्या! चन्द्रगुप्त चाणक्य से अलग हो गया।

मलयकेतु : बस यही?

राक्षस : कुमार! दूसरे राजाओं का यह विरोध वैसा विरोध न भी हो सकता, परन्तु चन्द्रगुप्त की यह बात नहीं।

मलयकेतु : आर्य! क्या विशेषकर चन्द्रगुप्त का ही?

राक्षस : क्या कारण है कि...?

मलयकेतु : चन्द्रगुप्त की प्रजा केवल चाणक्य के दोषों से ही विरक्त है? चन्द्रगुप्त है? चन्द्रगुप्त से प्रजा को पहले भी स्नेह था और अब चाणक्य के हटाए जाने पर भी है। बल्कि बढ़ गया होगा।

राक्षस : ऐसा नहीं है, कुमार! वहां दो तरह के लोग हैं। एक वह प्रजा है जो चन्द्रगुप्त के साथ उठी थी, दूसरी है वह जिसे नन्द कुल से प्रेम है। चन्द्रगुप्त के साथ उठने वाली प्रजा को ही चाणक्य के दोषों से विरक्ति है। नन्द कुल में अनुरक्त प्रजा तो अपना आश्रय खोकर अमर्ष से भरी हुई है। चन्द्रगुप्त ने पितृकुल जैसे नन्द वंश का नाश कर दिया। पर अब प्रजा करे भी क्या, यही सोचती हुई चन्द्रगुप्त का साथ देती है। अपने बल से शत्रु को पराजित करने में आप जैसे समर्थ राजा को पाकर शीघ्र ही वह चन्दुगुप्त को छोड़कर आपका आश्रय ग्रहण करेगी। हमीं कुमार के सामने इसके उदाहरण हैं।

मलयकेतु : तो क्या यह मंत्री-विरोध ही चन्द्रगुप्त की हार का कारण है या कोई और भी, अमात्य?

राक्षस : कुमार! बहुतों का क्या करना है! यही प्रधान कारण है।

मलयकेतु : अमात्य! यही प्रधान है? क्या चन्द्रगुप्त राज-काज किसी और मंत्री या सम्बन्धी पर छोड़कर इसका प्रतिकार नहीं कर सकता?

राक्षस : वह असमर्थ है, कुमार!

मलयकेतु : क्यों?

राक्षस : स्वायत्तसिद्धि[1] और उभयायत्तसिद्धि[2] राजा भले ही ऐसा कर लें, पर चन्द्रगुप्त के लिए यह सम्भव नहीं। वह दुरात्मा नित्य ही

---

1. अपने अधीन राज-काज चलाने वाला।
2. मिलकर राज-काज चलाने वाले मन्त्री और राजा।

राज्य-कार्य में मन्त्री के अधीन रहता है। अंधा मनुष्य सांसारिक व्यवहार से दूर रहकर क्या कर सकता है! राजलक्ष्मी मन्त्री-शक्ति और नृप-शक्ति इन दोनों पर ही पांव रखकर ठहरती है। परन्तु यदि कोई भी भार सहने में असमर्थ हो गया तो राज्यश्री स्त्री-सुलभ स्वभाव के कारण निर्बल को छोड़ देती है। मंत्री के अधीन राजा मन्त्री से अलग होकर, सांसारिक व्यवहार से अनजान रहने के कारण, उस दुधमुंहे बच्चे-सा हो जाता है जिसके मुंह से माता का स्तन हटा लिया जाए। वह क्षण-भर भी अपनी सत्ता नहीं जमा सकता।

मलयकेतु : *(स्वगत)* भाग्य से मैं ऐसा मन्त्री-पराधीन नहीं हूँ। *(प्रकट)* अमात्य! यह तो ठीक है, पर अनेक अभियोगों के आधार रहने पर, केवल मन्त्री के बल पर टिककर ही कौन शत्रु को जीत सकता है!

राक्षस : आप तो, कुमार, केवल सिद्धि की ही सोचें। बलवान सेना के साथ आप युद्ध को तत्पर रहेंगे, कुसुमपुर में प्रजा नन्द में अनुरक्त होगी, चाणक्य पदच्युत है ही और चप्द्रगुप्त नाम-मात्र का राजा रह गया और मुझ स्वायत्त के... *(इतना कहकर संकोच का अभिनय करते हुए)* मार्गदर्शन एवं कर्तव्य-निर्देशन में सन्नद्ध रहने पर, अब हमारे साध्य आपकी इच्छा के अधीन पड़े हैं।

मलयकेतु : अमात्य, यदि आप शत्रु पर आक्रमण ठीक समझते हैं तो विलंब ही क्यों हो? यह भीमाकार गज खड़े ही हैं, जिनके गण्डस्थल से मद-जल टपक रहा है, जिसपर भौंरे गूंज रहे हैं। अपने दांतों से तट-भूमि को फोड़ने वाले, सिन्दूर से लाल हुए, मेरे ये सैकड़ों काले-काले गजेन्द्र तो ऐसे प्रचंड हैं कि पूरे वेग से उमड़कर बहने वाले, वृक्षों से आच्छादित तटों वाले एवं कल्लोलित जल-प्रवाह के कटाव से गिरते-पड़ते किनारों वाले, महानद शोण को ही पीकर खाली कर दें। हाथियों के ये झुंड गम्भीर गर्जन करते हुए कुसुमपुर को घेर्ने में ऐसे ही समर्थ हैं जैसे सजल मेघों की माला विंध्याचल को घेर लेती है। *(भागुरायण सहित मलयकेतु का प्रस्थान)*

राक्षस : अरे कौन है यहां?

मलयकेतु : *(प्रवेश कर)* आज्ञा दें, अमात्य!

राक्षस : प्रियंवद! पता लगाओ... द्वार पर कोई ज्योतिषी भी है?

पुरुष : जो आज्ञा! *(बाहर जाकर एक क्षपणक को देखकर, फिर प्रवेश कर)* अमात्य, एक क्षपणक...

राक्षस : *(अपशकुन समझकर स्वगत)* सबसे पहले क्षपणक ही दीखा!...

प्रियंवदक : जीवसिद्धि है।

राक्षस : *(प्रकट)* उसका बीभत्सदर्शन[1] दूर करके प्रवेश कराओ।

प्रियंवदक : जो आज्ञा। *(प्रस्थान)*

[क्षपणक का प्रवेश]

क्षपणक : मोह जैसे रोग के लिए अर्हत[2] रूपी वैद्य की बातें मानों। उनकी बात पहले तो कड़वी लगती है, परन्तु फिर पथ्य बन जाती है। (पास जाकर) उपासक, धर्मलाभ हो!

राक्षस : भदन्त[3]! हमारे प्रस्थान का मुहूर्त निकालिए।

क्षपणक : *(सोचकर)* उपासक, मुहूर्त निश्चित कर लिया! दुपहर से सातवीं तिथि का भाग बीतने पर पूर्ण चन्द्रमा वाली शुभ वेला है। उत्तर से दक्षिण को जाते समय नक्षत्र तुम्हारी दाईं तरफ आ जाएगा।[4] और सूर्य के अस्ताचल जाने पर, चन्द्र के सम्पूर्ण मण्डल के साथ उदय पर, बुध के शुद्ध लग्न के लगने पर, और केतु के उदय लग्न से अस्त लग्न में चल पड़ने पर यात्रा करना शुभ है।[5]

राक्षस : भदन्त! तिथि ही ठीक नहीं बैठती।

क्षपणक : उपासक! तिथि एक गुना फल देती है, उससे चौगुना फल नक्षत्र से, और उससे भी चौंसठ गुना फल लग्न से मिलता है। ज्योतिषशास्त्र ऐसा कहता है। राशि शुभ फल देने वाली है। बुरे ग्रहों का संसर्ग छोड़कर चन्द्रमा के सम्पर्क में जाकर तुम स्थायी लाभ प्राप्त करोगे।[6]

राक्षस : भदन्त! अन्य ज्योतिषियों से भी राय मिला लीजिए।

---

1. बीभत्सता, गन्दगी, घिनौनापन। सम्भवतः क्षपणक गन्दे रहते थे। अन्यथा बिना देखे ही राक्षस क्यों समझता कि वह घिनौना-सा होगा।
2. तीर्थंकर।
3. पूज्य।
4. ज्योतिषशास्त्र के अनुसार वस्तुतः ऐसा लग्न अमंगलकारी माना जाता है।
5. साथ ही यहाँ 'सूर्य' से राक्षस, 'चन्द्र' से चन्द्रगुप्त, 'बुध' से चाणक्य और 'केतु' से मलयकेतु अर्थ भी अभीष्ट है।
6. यहाँ चन्द्रगुप्त का आश्रय ग्रहण करने की बात की ओर संकेत है।

क्षपणक : आप विचार करते रहें, उपासक! मैं अपने घर जाता हूँ।

राक्षस : क्या भदन्त क्रुद्ध हो गए?

क्षपणक : नहीं, मैं कुपित नहीं हुआ।

राक्षस : तो कौन हुआ?

क्षपणक : भगवान यम, क्योंकि तुम जो मुझ जैसे अपने अनुकूल व्यक्ति को छोड़कर दूसरों को प्रमाण मानते हो। *(प्रस्थान)*

राक्षस : प्रियंवदक, क्या समय हो गया?

प्रियंवदक : जो आज्ञा, देखता हूँ *(प्रस्थान करके फिर प्रवेश कर)* सूर्य भगवान अस्त होने वाले हैं।

राक्षस : *(आसन से उठकर सोचते हुए देखकर)* अरे! सहस्त्र-रश्मि भगवान सूर्य अस्त होना चाहते हैं। जब सूर्य प्रबल होकर उदित हुआ था तब उपवन के सारे वृक्ष छाया-समेत पास आ गए थे। अब ताप के अस्त होते समय ये सब दूर हो गए, जैसे धनहीन स्वामी को स्वार्थी सेवक छोड़ देते हैं।

[सबका प्रस्थान]

[चौथा अंक समाप्त]

पांचवां अंक

[मुद्रित लेख और आभूषणों की पिटारी लिए सिद्धार्थक का प्रवेश]

सिद्धार्थक : आश्चर्य, परम आश्चर्य! चाणक्य की नीति-लता देशकाल के घड़ों और बुद्धि-जल के निर्झरों से सींचे जाने पर बड़े फल लाएगी। आर्य चाणक्य ने जैसा कहा था वैसे ही मैंने शकटदास से लेख लिखवाकर आमात्य राक्षस की मुद्रा लगा ली है। इस आभूषण की पिटारी पर भी वही मुद्रा है। अब पाटलिपुत्र चलना है। चलूँ? *(घूमकर और देखकर)* अरे, क्षपणक आ रहा है! इसके दर्शन से जो अपशुकन होगा उसे मैं सूर्य के दर्शन करके दूर करता हूँ।

[क्षपणक का प्रवेश]

क्षपणक : हम अर्हतों को प्रणाम करते हैं, जिन्होंने अपनी गम्भीर बुद्धि से लोकोत्तर तथा स्तुत्य मार्गों से सिद्धि प्राप्त की है।

सिद्धिर्थक : भदन्त, प्रणाम करता हूँ।

क्षपणक : उपासक, धर्म-लाभ हो! मैं तुम्हें यात्रा को तैयार देख रहा हूँ।...?

सिद्धार्थक : भदन्त ने कैसे जाना?

क्षपणक : इसमें क्या जानना है, उपासक! तुम्हारे प्रस्थान का शुभ मुहूर्त तुम्हारे हाथ पर लिखा हुआ दिख रहा है।

सिद्धार्थक : भदन्त ने ठीक समझा। बताइए न, आज कैसा दिन है?

क्षपणक : *(हंसकर)* उपासक, अब सिर मुंडा-मुंडू कर नक्षत्र पूछ रहे हो?

सिद्धार्थक : भदन्त, अभी ऐसा क्या हो गया? अनुकूल होगा तो जाऊँगा। आप बताइए। न होगा तो लौट जाऊँगा।

क्षपणक : किन्तु, उपासक, इस समय मलयकेतु के शिविर में अनुकूल और प्रतिकूल यात्रा का प्रश्न ही कहां? तुम्हारे पास प्रमाण-पत्र हो,

तभी जा सकते हो।

सिद्धार्थक : भदन्त, यह कब से लागू हुआ?

क्षपणक : उपासक, सुनो...पहले तो मलयकेतु के शिविर में लोग बेरोक-टोक आते-जाते थे। पर अब हम कुसुमपुर के पास आ गए हैं। इसीलिए बिना मुद्रांकित प्रमाण-पत्र के कोई नहीं आ-जा सकता। इसीलिए अगर तुम्हारे पास भागुरायण का प्रमाण-पत्र हो तो मजे से जाओ, वरना लौटकर मन मारकर बैठे रहो। अन्यथा गुल्म-नायकों से हाथ-पैर बंधवाकर तुम कारागार में जा पड़ोगे।

सिद्धार्थक : भदन्त, आप क्या नहीं जानते कि मैं अमात्य राक्षस का मनोरंजन करने वाला और रहस्य जानने वाला उनका पार्श्ववर्ती सिद्धार्थक हूँ। मेरे पास मुद्रा न भी हो, तो भी मुझे रोक कौन सकता है?

क्षपणक : उपासक, राक्षस का मनोरंजन करने वाले हो या पिशाच का, पर तुम बिना मुद्रांकित प्रमाण-पत्र के नहीं जा सकते!

सिद्धार्थक : भदन्त, क्रुद्ध न हों। कह दें कि मेरा कार्य सिद्ध हो।

क्षपणक : उपासक, जाओ, तुम्हारा कार्य सफल हो। मैं भी भागुरायण से पाटलिपुत्र जाने का प्रमाण-पत्र लेने जा रहा हूँ। *(दोनों का प्रस्थान)*

[प्रवेशक का अन्त]

[भागुरायण तथा उसके पीछे एक पुरुष का प्रवेश]

भागुरायण : *(स्वगत)* अरे, आर्य चाणक्य की नीति भी कैसी विचित्र है! कभी तो लक्ष्य करने से समझ में आने लगती है, कभी बिल्कुल समझ में ही नहीं आती। कभी तो सबपर छा जाती है, कभी इसका पता भी नहीं चलता। कभी तो निष्फल दिखाई पड़ने लगती है और कभी विविध फलों को देने वाली मालूम पड़ती है। नीतिज्ञों की नीति तो नियति की भांति ही बड़ी विचित्र होती है। *(प्रकट)* भद्र भासुरक, कुमार मलयकेतु मुझे दूर नहीं रखना चाहते, इसलिए इसी सभा-मंडप में आसन बिछाओ!

पुरुष : लीजिए, बिछा दिया। अब आर्य बैठें।

भागुरायण : *(स्वगत)* कितना दुःख है कि हमसे इतना प्रेम करने पर भी इस मलयकेतु को वंचित कर दिया जाएगा। कितना कठिन है! किन्तु जो मनुष्य परतंत्र है वह क्षणभंगुर धन के लिए किसी धनी के हाथों अपना शरीर बेच देता है। वह वंश, लज्जा, यश, सम्मान

कुछ भी नहीं रख पाता। अच्छे-बुरे के विचार से दूर वह तो केवल स्वामी की आज्ञा को मानता है। वह क्या कभी सोच सकता है कि वह ठीक है या नहीं?

[प्रतिहारी के आगे-आगे मलयकेतु का प्रवेश]

मलसकेतु : *(स्वगत)* उफ! राक्षस के बारे में इतना सोचने पर भी मेरी बुद्धि कुछ निर्णय कर पाती। कौटिल्य से अपमानित, यह नंद कुल से इतना प्रेम करने वाला राक्षस क्या सचमुच चन्द्रगुप्त का मित्र बन जाएगा? केवल इसलिए कि मौर्य भी नन्द कुल में जन्मा है? या यह मेरे प्रीति-भरे व्यवहार की दृढ़ता को पूर्ण करता हुआ अपनी प्रतिज्ञा में सच्चा उतरेगा? मेरा मन तो जैसे कुम्हार के चक्के पर रखा घूम रहा है। कैसे भ्रम में पड़ गया हूँ। *(प्रकट)* विजये, भागुरायण कहाँ है?

प्रतिहारी : कुमार, वे शिविर के बाहर जाने वालों को मुद्रित पत्र दे रहे हैं।

मलयकेतु : विजये, उसका मुंह इधर है! तू चलना बन्द कर दे। मुहूर्त-भर को। मैं पीछे से जाकर इसकी आँखें अपने हाथों से बन्द कर दूँ।

प्रतिहारी : जैसी कुमार की आज्ञा।

भासुरक : *(प्रवेश कर)* आर्य, एक क्षपणक मुद्रा चाहता है। आपसे मिलना चाहता है।

भागुरायण : उसे ले आओ।

भासुरक : जो आज्ञा, आर्य!

क्षपणक : (प्रवेश कर) उपासकों की धर्मवृद्धि हो!

भागुरायण : *(देखकर, स्वगत)* अच्छा, यह राक्षस का मित्र जीवसिद्धि है! *(प्रकट)* भदन्त, क्या राक्षस के ही किसी काम से जा रहे हो?

क्षपणक : *(कानों पर हाथ रखकर)* पाप शान्त हो, पाप शान्त हो! उपासक, मैं तो वहां जाना चाहता हूँ। जहां राक्षस और पिशाच का नाम भी सुनाई न दे!

भागुरायण : भदन्त, अपने मित्र पर बड़ा प्रीति-भरा क्रोध दिखा रहे हो। राक्षस ने तुमसे ऐसा क्या अपराध कर दिया है?

क्षपणक : उपासक, राक्षस ने मेरा कोई अपराध नहीं किया। मैं अभागा तो अपने ही कार्य पर लज्जित हूँ।

भागुरायण : मेरे कौतुहल को बढ़ा रहे हो, भदन्त!

मलयकेतु : *(स्वगत)* मेरे को भी !

भागुरायण : क्या बात है, मुझे बताओ न?

मलयकेतु : *(स्वगत)* मैं भी सुनूं।

क्षपणक : उपासक, यह बात सुनने योग्म नहीं है। सुनकर भी क्या लाभ होगा?

भागुरायण : भदन्त, कोई गुप्त बात हो तो रहने दो।

क्षपणक : गुप्त कुछ नहीं है।

भागुरायण : तो फिर बता दो न?

क्षपणक : नहीं, बहुत क्रूर बात है...कैसे कहूँ।

भागुरायण : भदन्त, मैं तुम्हें मुद्रा भी नहीं दूंगा।

क्षपणक : *(स्वगत)* इस सुनने के इच्छुक सत्पात्र से कहना ठीक है। *(प्रकट)* क्या करूं? कहता हूं, उपासक! सुनो। मैं पहले पाटलिपुत्र में रहता था। तब मुझ अभागे की राक्षस से मित्रता हो गई। तभी राक्षस ने गुप्त रूप से विषकन्या का प्रयोग करके देव पर्वतेश्वर को मरवा डाला।

मलयकेतु : *(आंखों में आंसू भर, स्वगत)* क्या उन्हें राक्षस ने मरवाया? चाणक्य ने नहीं?

भागुरायण : हां, भदन्त! फिर?

क्षपणक : तब मुझे राक्षस का मित्र समझकर दुरात्मा चाणक्य ने अपमानित करके नगर से निकाल दिया। अब कुकृत्य करने में कुशल यह राक्षस कोई ऐसा षड्यन्त्र कर रहा है कि मैं इस संसार से ही निकाल दिया जाऊँ।

भागुरायण : पर, भदन्त, हमने तो सुना है कि कहा हुआ आधा राज्य न देना पड़ जाए, इसलिए चाणक्य ने ही उन्हें मरवाया था, राक्षस ने नहीं।

क्षपणक : *(कान बन्द करके)* पाप शान्त हो! चाणक्य तो विषकन्या का नाम भी नहीं जानता। यह दुष्ट कृत्य तो उसी नीचबुद्धि राक्षस ने किया है।

भागुरायण : भदन्त, कैसी दुःख की बात है! लो, यह मुद्रा लो। चलो, कुमार के पास चलें।

मलयकेतु : मित्र, वह हृदयविदारक बात मैंने सुन ली, जो शत्रु राक्षस के बारे में उसके मित्र ने कही है। आज पिता की मृत्यु का शोक भी

दुगुने वेग से बढ़ रहा है!

क्षपणक : *(स्वगत)* अरे, अभागे मलयकेतु ने सुन लिया! मैं कृतार्थ हो गया। *(प्रस्थान)*

मलयकेतु : *(प्रत्यक्ष-सा आकाश में देखता हुआ)* राक्षस! यह भी ठीक है। तुझे मित्र जानकर, पूरी तरह से तुझपर विश्वास करके, सारा कार्यभार छोड़ने वाले पिता को तूने उनके परिवार के आंसुओं के साथ ही धरती पर गिरा दिया। तू सचमुच राक्षस है!

भागुरायण : *(स्वगत)* आर्य चाणक्य ने कहा है कि राक्षस के प्राणों की रक्षा करना। *(प्रकट)* कुमार! आवेश में मत आइए। आप आसन पर बैठें। मैं कुछ निवेदन करना चाहता हूँ।

मलयकेतु : *(बैठकर)* सखे! क्या कहना चाहते हो?

भागुरायण : कुमार! राजनीतिज्ञों में शत्रुता, मित्रता, उदासीनता, यह सब प्रयोजनवश हुआ करती है, संसारी व्यक्तियों की तरह स्वेच्छावश नहीं। उस समय सर्वार्थसिद्धि को राजा बनाने की जो राक्षस की इच्छा थी, उसमें चन्द्रगुप्त से भी अधिक बलशाली और विरोधी स्वनामधन्य देव पर्वतेश्वर ही तो थे। ऐसी हालत में यदि राक्षस ने ऐसा क्रूर काम कर दिया तो यह कोई बड़ा दोष नहीं है। कुमार! नीति में मित्र शत्रु और शत्रु मित्र बन जाता है। जीवित व्यक्ति को मृत्यु के मुख में डाल देते हैं जैसे जन्मान्तर में पहुंचा दिया हो। इस बारे में राक्षस पर क्या ताना मारना! जब तक नंद का राज्य नहीं मिले, उसपर कृपा करनी चाहिए। उसके बाद रखें या निकालें'-आप इसके लिए स्वतंत्र हैं।

मलयकेतु : अच्छा, यही हो मित्र! तुम ठीक सोचते हो। अमात्य राक्षस के वध से प्रजा में विक्षोभ हो जाएगा और फिर जीत भी संदेहास्पद हो जाएगी।

पुरुष : *(प्रवेश कर)* कुमार की जय! आपके शिविर-द्वार का अधिकारी दीर्घचक्षु निवेदन करता है कि हमने बिना मुद्रांकित पत्र लिए शिविर से भागते हुए एक पुरुष को पकड़ा है। उसके पास एक लेख है।

भागुरायण : भद्र, उसे ले आओ।

पुरुष : जो आज्ञा, आर्य। *(प्रस्थान)*

[बंधे हुए सिद्धार्थक का एक पुरुष के साथ प्रवेश]

सिद्धार्थक : *(स्वगत)* गुण पर मोहित होने वाली और दोषों से दूर रखने वाली जननी जैसी स्वामिभक्ति को हम प्रणाम करते हैं।

पुरुष : *(पास आकर)* आर्य! यही वह पुरुष है।

भागुरायण : *(उसे देखकर)* भद्र! यह कोई आगन्तुक है, या यहीं किसी का आश्रित है?

सिद्धार्थक : आर्य! अमात्य राक्षस का सेवक हूँ।

भागुरायण : तो भद्र! तुम बिना मुद्रांकित प्रमाण-पत्र लिए शिविर से क्यों निकल रहे थे?

सिद्धार्थक : आर्य, काम की जल्दी से।

भागुरायण : वह कैसी जल्दी है जिसके कारण तुम राजा की आज्ञा का उल्लंघन कर रहे थे?

मलयकेतु : सखे भागुरायण, यह लेख ले लो इससे!

[सिद्धार्थक भागुरायण को देखता है।]

सिद्धार्थक : *(लेख लेकर मुद्रा देखकर)* कुमार! यह तो राक्षस के नाम की अंकित मुद्रा है इसपर!

मलयकेतु : मुद्रा बिना तोड़े खोलकर दिखाओ।

[भागुरायण ऐसे ही खोलता है। देता है।]

मलयकेतु : *(लेकर पढ़ता है।)* ''स्वस्ति! किसी जगह से कोई किसी विशेष व्यक्ति से निवेदन करता है कि हमारे शत्रु को हटाकर जो आपने कहा था, उसे सच करके दिखाया है। अब आप अपने से मिल जाने वाले हमारे मित्रों को सन्धि के लिए निश्चित हुई वस्तुएं देकर उनसे प्रेम उत्पन्न करें। ये आश्रय-विहीन उपकृत हो जाने पर आपकी सेवा को तत्पर रहेंगे। हमें मालूम है कि आप इसे भूले नहीं हैं, परन्तु हम फिर भी याद दिलाते हैं। इनमें से कुछ तो शत्रु के खजाने और हाथियों को चाहते हैं और कुछ लोग राज्य चाहते हैं। आपके भेजे तीनों अलंकार मिले। हमने भी जो लेख के उत्तर में भेजा है उसे आप स्वीकार करें और मौखिक समाचार अत्यन्त विश्वस्त सिद्धार्थक से सुनें।

मित्र भागुरायण! इस लेख का क्या अर्थ निकला?

भागुरायण : भद्र सिद्धार्थक! यह किसका लेख है?

सिद्धार्थक : आर्य! मैं नहीं जानता।

भागुरायण : अरे धूर्त! स्वयं जिसे ले जा रहा है, उसी को नहीं जानता?...जाने दे सब बात! यह बता कि मौखिक बातें तुझे किसको सुनानी हैं?

सिद्धार्थक : *(भयभीत-सा)* आपको।

भागुरायण : हमको ही?

सिद्धार्थक : मैं पकड़ा गया हूँ। नहीं समझता, क्या कहूँ।

भागुरायण : *(क्रोध से)* अब समझ जायेगा! भद्र भासुरक, इसे बाहर ले जाकर तब तक मार लगाओ जब तक यह सब कुछ कह न डाले।

भासुरक : जो आज्ञा, आर्य!

[सिद्धार्थक के साथ प्रस्थान; फिर प्रवेश करके]

भासुरक : आर्य, पिटते समय इसकी बगल से मुद्रांकित आभूषणों की यह पिटारी गिरी है।

भागुरायण : *(देखकर)* इस पर राक्षस की मुद्रा है।

मलयकेतु : यही वह छिपी बात है। मुद्रा बचाकर खोलो।

[भागुरायण खोलकर दिखाता है।]

मलयकेतु : *(देखकर)* अरे! ये तो वही आभूषण हैं जो मैंने राक्षस के पहनने के लिए अपने शरीर से उतारकर दिए थे। तब तो यह पत्र चन्द्रगुप्त के लिए ही होगा। स्पष्ट हो गया।

भागुरायण : कुमार! अभी संदेह का निर्णय हुआ जाता है। भद्र, और लगाओ मार!

पुरुष : जो आज्ञा, आर्य! *(जाकर,फिर लौटकर)* आर्य! वह पिटकर कहता है कि मैं कुमार को स्वयं बता दूंगा।

मलयकेतु : उसे ले आओ!

पुरुष : जो कुमार की आज्ञा!

[जाकर फिर सिद्धार्थक के साथ प्रवेश]

सिद्धार्थक : *(पांव पर गिरकर)* कुमार! मुझे अभय दें। दया करें।

मलयकेतु : भद्र...भद्र! पराधीन को अभय ही होता है। पर मुझे सारी बातें ठीक-ठीक बता दो।

सिद्धार्थक : कुमार, सुनिए! मैं अमात्य राक्षस का यह लेख चन्द्रगुप्त के पास ही ले जा रहा हूँ।

मलयकेतु : भद्र! मुझे मौखिक संदेश बताओ।

सिद्धार्थक : कुमार! मुझे अमात्य राक्षस ने यह संदेश दिया है- सुनें! मेरे इन पांच राजाओं ने आपसे पहले ही संधि कर ली है- कौलूत चित्रवर्मा, मलययाधिप सिंहनाद, कश्मीर-नरेश पुष्कराक्ष, सिंधुराज सिंधुसेन और पारसीकाधीश मेघाक्ष। कौलूत, मलयाधिप और कश्मीर-नरेश तो मलयकेतु के राज्य को बांट लेना चाहते हैं। जैसे आपने चाणक्य को हटाकर मुझसे प्रीति उत्पन्न की है, वैसे ही इन राजाओं का भी काम प्रतिज्ञानुसार पहले ही हो जाना चाहिए।

मलयकेतु : *(स्वगत)* अंच्छा! चित्रवर्मा आदि भी भीतर ही भीतर मुझसे द्वेष करते हैं, तभी राक्षस के प्रति उनकी इतनी भक्ति है। *(प्रकट)* विजये! मैं अमात्य राक्षस से मिलना चाहता हूं।

प्रतिहारी : जो आज्ञा, कुमार! *(प्रस्थान)*

[अपने घर में आसन पर बैठे राक्षस का चिंतित अवस्था में प्रवेश। सामने सेवक पुरुष खड़ा है।]

राक्षस : *(स्वगत)* हमारी सेना चन्द्रगुप्त की सेना से कहीं अधिक प्रबल है, किन्तु फिर भी मेरे मन का सन्देह दूर नहीं होता। जो सेना शत्रु विनाश में शक्तिशालिनी, साथ चलने योग्य अनुकूल और शत्रु-विरुद्ध हो, वही विजय की साधक बन सकती है। पर जो धमकी देकर अपनी ओर कर ली गई है, और जिसमें दोनों ओर के लोग मिल रहे हों, जो अपने ही शत्रुओं से भरी हो, उसी पर विश्वास कर लेने से स्वामी सदैव ही वादी की भांति हार जाता है। अथवा संभवतः शत्रु पक्ष से विरक्त होकर आए सैनिक हमारे भेद जानकर भी हमारे अनुकूल ही बने रहें, अतः सन्देह क्यों करूं? *(प्रकट)* प्रियंवदक! मेरी आज्ञा से कुमार के अनुयायी राजाओं से कहो कि अब दिन पर दिन कुसुमपुर पास आता जा रहा है। अतः वे कायदे से इस तरह चलें: सेना के अग्रभाग में मेरे पीछे खस और मगधगण के सैनिक प्रयाण करें, मध्य भाग में विराजमान गांधार सैनिक अपने-अपने यवन सेनापतियों के साथ सन्नद्ध होकर चलें: चेदियों और हूणों से सुरक्षित शकराजगण सेना का पिछला भाग संभालें, और बाकी जो कौलूत[1] आदि, राजवृन्द हैं, वे मार्ग में कुमार के चारों ओर रहकर चलें।

---

1. कौलूत आदि से अभिप्राय कौलताधिप के साथ-साथ कश्मीराधिप, पारसीकाधिप, सिंधुराज तथा मलयाधिप से है।

प्रियंवदक : जो आज्ञा, अमात्य! *(प्रस्थान)*

प्रतिहारी : *(प्रवेश कर)* अमात्य की जय! अमात्य, कुमार आपसे मिलना चाहते हैं।

राक्षस : भद्र, तनिक ठहर! अरे,कोई है?

पुरुष : *(प्रवेश कर)* आज्ञा दें, अमात्य!

राक्षस : भद्र! शकटदास से कहो कि अमात्य को जो कुमार ने आभूषण पहनाए थे, वे नहीं रहे, तो अब उनके दर्शन बिना आभूषणों के कैसे किए जा सकते हैं? अतः जो तीन आभूषण खरीदे थे, उनमें से एक दे दें।

पुरुष : जो आज्ञा *(फिर प्रवेश कर)* लीजिए, अमात्य!

राक्षस : *(देखकर, पहनकर उठते हुए)* भद! राजा के पास ले चलो। मार्ग दिखाओ।

प्रतिहारी : अमात्य, इधर से आइए।

राक्षस : *(स्वगत)* अधिकार निर्दोष व्यक्ति के लिए भी कितने भय का कारण है! पहले तो सेवक को स्वामी का ही भय होता है, फिर स्वामी के पास रहने वाले मन्त्री से। ऊँचे पद पर रहने वाले सेवकों को देखकर असज्जन ईर्ष्या करते हैं और व्रीव बुद्धि के लोग उन्हें गिराना चाहते हैं। ऐसी जगह रहने वालों को यही लगा करता है कि अब गया, अब गया।

प्रतिहारी : *(घूमकर)* कुमार ये विराजमान हैं, इनके पास जाइए।

राक्षस : *(देखकर)* ओह! कुमार बैठे है। पांव के अंगूठे को ऐसे क्या टकटकी बांधे देख रहे हैं। *(पास जाकर)* कुमार विजयी हों! विजयी हों!

मलयकेतु : प्रणाम करता हूं, आर्य! यहां आसन पर विराजें।

मलयकेतु : अमात्य! बहुत दिनों से आपको न देखकर चिन्ता हो गई थी।

राक्षस : कुमार! आक्रमण के प्रबन्ध में इतना व्यस्त था कि आज आपका उपालम्भ सुनना ही पड़ा।

मलयकेतु : तो अमात्य, यात्रा की तैयारी कैसी की है, सुनना चाहता हूँ।

राक्षस : मैंने कुमार, आपके अनुयायी राजाओं को आदेश दिया है कि आगे मैं रहूं, मेरे पीछे रहेगें खस और मगध के ससैन्य राजा। यवनपतियों के साथ गान्धार सेनाएं रहेंगी। चेदि और हूणों के साथ शक राजा पीछे रहेंगे। कौलूत, कश्मीर, पारसीक, सिन्धु, मलय के अधिप

आपके चारों ओर रहेंगे।

मलयकेतु : *(स्वगत)* समझता हूँ। जो चन्द्रगुप्त की सेवा में तत्पर हैं, वे ही मेरे चारों ओर रहेंगे! *(प्रकट)* आर्य! क्या कोई इधर कुसुमपुर भी आने-जाने वाला व्यक्ति है?

राक्षस : कुमार! अब आना-जाना बन्द हो गया। बस पांच-छः दिनों में हम वहीं पहुँच जायेंगे।

मलयकेतु : *(स्वगत)* सब जानता हूँ। *(प्रकट)* तो फिर इस आदमी को लेख देकर कुसुमपुर को क्यों भेजा है?

राक्षस : *(देखकर)* अरे, सिद्धार्थक, क्या बात है?

सिद्धार्थक : *(रोता हुआ, लज्जित-सा)* अमात्य प्रसन्न हों। बहुत पिटने के कारण मै आपके रहस्य को छिपा नहीं सका।

राक्षस : भद्र! कैसा रहस्य? मैं नहीं जानता।

सिद्धार्थक : यही तो कहता हूं मुझे बहुत मारने से··· *(डर से इतना ही कहकर सिर झुका लेता है।)*

मलसकेतु : भागुरायण! स्वामी के सामने डर और लज्जा से यह बोल नहीं सकेगा। तुम ही आर्य से कहो।

भागुरायण : जो आज्ञा, कुमार! अमात्य, यह कहता है कि अमात्य ने मुझे लेख और मौखिक सन्देश देकर चन्द्रगुप्त के पास भेजा है।

राक्षस : भद्र सिद्धार्थक, यह सत्य है?

सिद्धार्थक : *(लज्जित-सा)* बहुत पिटने पर मैंने ऐसा कहा।

राक्षस : कुमार, यह झूठ है! पिटने वाला क्या न कह देगा?

मलयकेतु : भागुरायण, यह लेख दिखाओ और मौखिक संदेश यह स्वयं कहेगा।

भागुरायण : *(लेख पढ़कर सुनाता है।)*

राक्षस : कुमार, यह शत्रु की चाल है!

मलयकेतु : लेकिन जब लेख की बात को पूरी करने को यह आपने आभूषण भेजा है, तब यह शत्रु की चाल कैसे हो सकती है? *(आभूषण दिखाता है।)*

राक्षस : (देखकर) कुमार, इसे मैंने नहीं भेजा! यह आपने मुझे दिया था और मैंने इनाम में इसे सिद्धार्थक को दे दिया था।

भागुरायण : अमात्य! कुमार ने अपने शरीर से उतारकर जो आभूषण भेजा

था, वह आपने ऐसे ही दे डाला?

मलयकेतु : आपने लिखा है कि मौखिक सन्देश भी विश्वस्त सिद्धार्थक से सुन लें।

राक्षस : कैसा सन्देश! कैसा लेख! यह मेरा है ही नहीं।

मुल्यकेतु : तो फिर यह मुद्रा किसकी है,

राक्षस : धूर्त लोग कपट मुद्रा भी तो बना लेते हैं।

भागुरायण : कुमार, अमात्य ठीक कहते हैं। सिद्धार्थक, यह लेख किसने लिखा है?

[सिद्धार्थक राक्षस की ओर देखकर सिर नीचा करके चुप खड़ा हो जाता है।]

भागुरायण : अब बिना पिटे हुए भी कह दे। बोल!

सिद्धार्थक : आर्य, शकटदास ने।

राक्षस : कुमार! यदि शकटदास ने लिखा है, तब तो मैंने ही लिखा है।

मलयकेतु : विजये! मैं शकटदास से मिलना चाहता हूँ।

प्रतिहारी : जो कुमार की आज्ञा।

भागुरायण : (स्वगत) जो बात पहले से तय नहीं है, उसे आर्य चाणक्य का चर कभी नहीं कह सकता। यदि शकटदास आकर कह दे यह लेख मैंने पहले ही लिखा था, और सारी बात साफ करे दे, तो मलयकेतु फिर राक्षस का विरोध करना बंद कर देगा। (प्रकट) कुमार! शकटदास कभी भी अमात्य राक्षस के सामने यह स्वीकार नहीं करेगा कि यह उसका लेख है। अतः उसका लिखा कोई और लेख मंगाईए। दोनों के अक्षरों को मिलाते ही पता चल जायेगा।

मलयकेतु : विजये! यही करो।

भागुरायण : कुमार। मुद्रा भी मंगाइए।

मलयकेतु : दोनों ले आ।

प्रतिहारी : जो आज्ञा, कुमार! (बाहर जाती है। फिर प्रवेश करके) कुमार! शकटदास के हाथ का लिखा है, और मुद्रा, ये रहे दोनों।

मलयकेतु : (दोनों को देखकर, मिलाकर) आर्य, अक्षर तो मिलते हैं।

राक्षस : (स्वगत) मिलते हैं। पर शकटदास मेरा मित्र है, इसलिए कैसे मिल सकते हैं? क्या उसी ने लिखा है? क्या नश्वर धन के लोभ से

उसने ऐसा किया? या स्त्री-पुत्र से मिलने के लोभ से? चिरस्थायी यश का उसने लोभ छोड़कर स्वामीभक्ति को भुला दिया? पर मुद्रा उसके हाथ में रहती है। सिद्धार्थक उसका मित्र है। और पत्रों के अक्षर मिल ही रहे हैं। निश्चय ही भेदनीति में कुशल शत्रुओं ने उसे मिला लिया और स्त्री-पुरुष से मिलने के लिए आतुर शकटदास ने स्वामीभक्ति को छोड़कर ही ऐसा काम किया है।

मलयकेतु : आर्य, आपने लिखा है कि जो तीन आभूषण भेजे गए थे वे मिल गए। क्या उन्हीं में से एक को पहने हुए हैं?(देखकर, स्वगत) अरे क्या ये पिता का ही पहना हुआ आभूषण नहीं है? (प्रकट) आर्य, यह आभूषण कहां से लिया?

राक्षस : व्यापारियों से मोल लिया।

मलयकेतु : विजये! इस अंलकार को तुम पहचानती हो?

प्रतिहारी : (देखकर आंसू भरे नयनों से) क्यों नहीं पहचानती, कुमार? यह तो स्वनामधन्य देव पर्वतेश्वर का पहना हुआ है।

मलयकेतु : (रोते हुए) हा तात! हा पिता! आभूषणों के प्रेमी, हे कुलभूषण! यह वही अलंकार है जिससे आप चन्द्रकांति से सुशोभित, नक्षत्रों से भरी शरत्कालीन संध्या की भांति मनोहर लगते थे।

राक्षस : (स्वगत) क्या कहा? यह पर्वतेश्वर का पहना हुआ आभूषण है! (प्रकट) स्पष्ट है कि यह भी चाणक्य के भेजे व्यापारियों ने हमें बेचा है।

मलयकेतु : आर्य! पिता के पहने और विशेषकर चन्द्रगुप्त के भेजे अंलकारों का व्यापारियों से खरीदना क्या ठीक लगता है? आप जैसे क्रूर व्यक्ति ने इन आभूषणों के मूल्य के एवज में हमें अत्यधिक लाभ के इच्छुक चन्द्रगुप्त के हाथों सौंप दिया।

राक्षस : *(स्वगत)* अब शत्रु की कूटनीति बड़ी पक्की हो गई। अगर कहूँ कि यह लेख मेरा नहीं है तो यह कौन मानेगा! मुद्रा तो मेरी है शकटदास ने मित्रता में विश्वासघात कर दिया, इसे भी कौन मानेगा...आभूषण की खरीद पर विश्वास ही कौन कर सकता है! अब तो अपराध मान लेना ही अच्छा है। बेकार असंगत उत्तर देकर भी क्या होगा!

मलयकेतु : मैं पूछता हूँ...

राक्षस : *(आँखों में आँसू भरकर)* कुमार, जो आर्य हो उससे पूछिए : हम तो अब अनार्य हो गए!

मलयकेतु : चन्द्रगुप्त आपके स्वामी का पुत्र है, तो मैं भी तो आपकी सेवा में लगे मित्र का पुत्र हूँ। वह आपको धन देगा, परन्तु यहाँ आपकी आज्ञा से मुझे धन मिलता है। वहाँ मन्त्री होकर भी आप पराधीन होंगे, पर यहाँ आपका प्रभुत्व है। कौन-सी इच्छा बच गई थी आपकी कि उसने आपको अनार्य बना दिया?

राक्षस : कुमार, ऐसी अयुक्त बात कहकर आपने तो मेरा निर्णय भी कर दिया! चन्द्रगुप्त मेरे स्वामी का पुत्र है, पर आप भी मेरी सेवा में लगे मित्र-पुत्र हैं। वह मुझे धन देगा, परन्तु यहाँ मेरी आज्ञा से आपको धन मिलता है। वहाँ मन्त्री होकर भी मैं पराधीन रहूँगा, पर यहाँ मेरा प्रभुत्व है। कौन-सी इच्छा बच गई थी मेरी कि उसने मुझे अनार्य बना दिया?

मलयकेतु : *(लेख और आभूषण की पिटारी दिखाकर)* यह क्या है?

राक्षस : *(रोता हुआ)* दुर्भाग्य की क्रीड़ा! जिन नन्दों से स्नेह कर हमने देह समर्पित की थी, उन्होंने अपने पुत्र की भाँति हमसे प्रेम किया था। उन गुण-ग्राहक राजा को ही जब मार डाला गया, तब यह विधाता का ही दोष है, और किसी का नहीं!

मलयकेतु : *(क्रोध से)* क्या अब भी आप दुर्भाग्य पर दोष डालकर अपना अपराध छिपाते हैं? अनार्य! कृतघ्न! पहले तो विष-कन्या भेजकर मेरे विश्वासी पिता को मार डाला और अब महत्त्वाकांक्षा से शत्रु का मन्त्रीपद और उसका प्रेम पाने को हम लोगों को मांस की भांति बेचने को तैयार कर लिया है?

राक्षस : *(स्वगत)* यह एक घाव पर दूसरी चोट है। *(प्रकट, कान बन्द कर)* पाप शान्त हो! पाप शान्त हो! मैंने विषकन्या का प्रयोग नहीं किया। पर्वतेश्वर के बारे में मेरा कोई पाप नहीं।

मलयकेतु : तो फिर पिता को किसने मारा?

राक्षस : यह विधाता से पूछिए।

मलयकेतु : *(क्रोध से)* विधाता से पूछें? जीवसिद्धि क्षपणक से नहीं?

राक्षस : *(स्वगत)* क्या जीवसिद्धि भी चाणक्य का गुप्तचर था? हाय, शोक! शत्रु ने तो मेरे हृदय पर भी अधिकार कर लिया!

मलयकेतु : *(क्रोध से)* भासुरक! सेनापति शिखरसेन को मेरी आज्ञा दो कि इस राक्षस से मित्रता करके, हमसे द्रोह करके, जो चन्द्रगुप्त की सेवा करना चाहते हैं, उनमें कौलूत चित्रवर्मा, मलयाधिप सिंहनाद और कश्मीर-नरेश पुष्कराक्ष मेरा राज्य बाँट लेना चाहते हैं, भूमि चाहते हैं! सिन्धुराज सुषेण और पारसीकाधीश मेघाक्ष हाथी चाहते हैं। इसलिए पहले तीनों को गहरे गड्ढों में डालकर रेत से पाट दो और बाकी दो को हाथी के पैरों से कुचलवा दो!

पुरुष : जो आज्ञा, कुमार! *(प्रस्थान)*

मलयकेतु : *(क्रोध से)* राक्षस...राक्षस! मैं विश्वासघाती राक्षस नहीं, मलयकेतु हूँ! चले जाओ...और सब तरह से चन्द्रगुप्त की सेवा करो! तुम्हारे साथ आए चाणक्य और चन्द्रगुप्त को मैं ठीक वैसे ही उखाड़ने में समर्थ हूँ जैसे बुरी नीति धर्म, अर्थ, काम, तीनों का उन्मूलन कर देती है।

भागुरायण : कुमार, समय नष्ट न करिए! शीघ्र ही कुसुमपुर को घेर लेने की अपनी सेनाओं को आज्ञा दीजिए। लोध्र-कुसुम के मकरंद से युक्त गौड़देशीय स्त्रियों के गालों को धूमिल करती; उनके घुंघराले, भ्रमरों के समान काले केशों की सुन्दरता को विकृत करती हुई, हमारे घोड़ों के खुरों द्वारा उड़ाई हुई धूलि, हाथियों के मद-जल से सन-सनकर, शत्रुओं के सिरों पर गिरे!

[सबके साथ मलयकेतु का प्रस्थान]

राक्षस : *(उद्वेग से)* हाय, धिक्कार है! कैसा कष्ट है! बिचारे चित्रवर्मा आदि भी ऐसे मारे गए। तो क्या राक्षस मित्र नाश चाहता है, शत्रु विनाश नहीं? मैं अभागा अब करूं भी क्या? क्या तपोवन चला जाऊँ? परन्तु शत्रुता-भरे मेरे मन को क्या तप से शन्ति मिल सकेगी? तो क्या स्वामी नंदों के पथ पर चलूं? परन्तु यह तो स्त्रियों का-सा काम है। क्या खड्ग लेकर शत्रुओं पर टूट पड़ूं? परन्तु क्या यह ठीक होगा? नहीं। चन्दनदास बंधन में है। उसे छुड़ाने को मेरा मन व्याकुल हो रहा है। यदि व्याकुलता मुझ कृतघ्न को न रोके तो युद्ध ही ठीक होगा। (प्रस्थान)

[पाँचवाँ अंक समाप्त]

छठा अंक

[अंलकार पहने हुए प्रसन्न सिद्धार्थक का प्रवेश]

सिद्धार्थक : मेघश्याम केशिहन्ता विष्णु की जय! सज्जनों को आनन्द देने वाले चन्द्रमा जैसे चन्द्रगुप्त की जय! सेनाहीन आक्रमण से शत्रुओं का नाश करने वाली आर्य चाणक्य की नीति की जय! बहुत दिनों से अपने बहुत पुराने मित्र सुसिद्धार्थक से नहीं मिल पाया। (घूमकर) मैं उससे मिलने चला हूं और वह इधर ही आ रहा है। चलूं उसके पास।

[सुसिद्धार्थक का प्रवेश]

सुसिद्धार्थक : जब मित्रों से वियोग हो जाता है तब मन के भीतर बसे हुए वैभव भी आपानकों[1] और महोत्सवों में पीड़ा देकर खेद उत्पन्न करते हैं। मैंने सुना है कि मलयकेतु के शिविर से प्रिय मित्र सिद्धार्थक आया है। उसे ही ढूंढूं। *(घूमकर पास जाकर)* अरे, वह यहीं है,

सिद्धार्थक : *(देखकर)* अरे यह क्या, प्रिय मित्र सुसिद्धार्थक तो इधर ही आ गए! *(पास जाकर)* मित्र, अच्छे तो हो?

[दोनों आपस में प्रेम से आलिंगन करते हैं।]

सुसिद्धार्थक : अरे मित्र, मुझे सुख कहां? इतने दिनों तक बाहर रहकर तो आए, पर बिना कोई समाचार कहे-सुने कहीं और ही निकल पड़े।

सिद्धार्थक : प्रिय सखे! नाराज़ क्यों होते हो? मुझे देखते ही आर्य चाणक्य ने आज्ञा दे दी कि सिद्धार्थक, जाओ, प्रियदर्शन देव चन्द्रगुप्त

---

1. पीने-पिलाने की गोष्ठियां। मदिरा पीने की गोष्ठियां पुराने समय में भारत में बहुत प्रचलित थीं।

को यह प्रिय सन्देह सुनाओ! इसलिए महाराज को सुनाकर, प्रसन्न करके, तब तुमसे मिलने तुम्हारे ही घर जा रहा हूँ।

सुसिद्धार्थक : मित्र! यदि में सुन सकता हूँ तो बताओ कि तुमने प्रियदर्शन चन्द्रगुप्त को क्या सुनाया?

सिद्धार्थक : मित्र! क्या कोई ऐसी बात भी है जो मैं तुम्हें न सुना सकूँ? सुनो! आर्य चाणक्य की नीति से दुरात्मा मलयकेतु ने राक्षस को पद से हटाकर, चित्रवर्मा आदि प्रमुख राजाओं को मार डाला। तब राजाओं ने मलयकेतु के बारे में यह सोचकर कि यह दुरात्मा तो विवेकहीन है, अपने-अपने राज्यों की रक्षा के लिए, मलयकेतु के शिविर ने अपने बचे-खुचे साथी इकट्ठे किए और अपने राज्यों को लौट गए। तब भद्रभट्ट, पुरुषदत्त, हिंगुरात, बलगुप्त, राजसेन, भागुरायण, रोहिताक्ष और विजयवर्मा आदि प्रधान पुरुषों ने मलयकेतु को गिरफ्तार कर लिया।

सुसिद्धार्थक : मित्र! प्रजा में तो चर्चा है कि भद्रभट्ट आदि देव चन्द्रगुप्त के विरुद्ध होकर मलयकेतु के आश्रय में चले गए थे। तब यह सब क्या हे जो कि किसी अयोग्य कवि के रचे हुए नाटक की भाँति आरम्भ में कुछ और है और अन्त में कुछ और?

सिद्धार्थक : विधाता के समान अबोध्य काम करती है आर्य चाणक्य की नीति। उसे सौ बार नमस्कार करो!

सुसिद्धार्थक : अच्छा, फिर?

सिद्धार्थक : तब आर्य चाणक्य ने विशाल सेना के साथ निकलकर राजाहीन सम्पूर्ण शत्रु-सेना पर अपना अधिकार कर लिया।

सुसिद्धार्थक : कहाँ? मित्र!

सिद्धार्थक : वहीं, जहाँ मद-जल बरसाते गर्वीले मेघों-से श्यामल हाथी चिंघाड़ रहे थे और कशाघात से डरे चपल तुरंग अपने सवारों को चंचल करते हुए युद्ध के लिए तैयार खड़े थे।

सुसिद्धार्थक : चलो! हुआ। पर सबके सामने इस तरह मन्त्री-पद छोड़कर आर्य चाणक्य ने फिर उसी पद को क्यों स्वीकार कर लिया?

सिद्धार्थक : बहुत भोले हो तुम, मित्र! जिस आर्य चाणक्य की बुद्धि को अमात्य राक्षस भी नहीं समझ सका, उसे तुम यों ही जानना चाहते हो!

सुसिद्धार्थक : अब अमात्य राक्षस कहाँ है?

सिद्धार्थक : मित्र, जब प्रलय का-सा कोलाहल बढ़ता चला गया, तब अमात्य राक्षस मलयकेतु के शिविर से निकल पड़ा। उंदुर नामक दूत पीछा करने लगा। अब राक्षस यहीं कुसुमपुर में आ पहुंचा है, यह स्वयं उंदुर ने आर्य चाणक्य से कहा है।

सुसिद्धार्थक : मित्र! नन्द-राज्य को वापस लेने में यत्नशील राक्षस एक बार कुसुमपुर छोड़ जाने पर अब बिलकुल असफल होकर यहाँ क्यों लौट आया है?

सिद्धार्थक : मित्र! अनुमान है कि चन्दनदास के स्नेह के कारण।

सुसिद्धार्थक : मित्र! क्या सचमुच ही चन्दनदास के स्नेह से? क्या चन्दनदास छूट सकेगा?

सिद्धार्थक : मित्र! उस अभागे का छुटकारा कहाँ? वह आर्य चाणक्य की आज्ञा से शीघ्र ही हम दोनों द्वारा वध्यस्थल पर ले जाकर मारा जाएगा।

सुसिद्धार्थक : *(क्रोध से)* मित्र! क्या आर्य चाणक्य के पास और कोई घातक नहीं रहा कि उन्होंने हम लोगों को ऐसे नीच कार्य में लगाया है?

सिद्धार्थक : मित्र! कौन ऐसा है कि जो जीवित रहने की इच्छा भी करे और आर्य चाणक्य के भी विरुद्ध हो जाए? बस, चलो चलें! चाण्डाल का वेश धारण करके चन्दनदास को वध-भूमि में ले चलें।

[दोनों का प्रस्थान]

[प्रवेशक समाप्त]

[हाथ में रस्सी लिए एक पुरुष का प्रवेश]

पुरुष : छः गुणों[1] से गुंथी हुई, विजय के उपायों से बंटी हुई, शत्रु को बांधने में कुशल आर्य चाणक्य की नीति-रज्जु[2] की जय! (घूम-फिरकर देखकर) आर्य चाणक्य के उंदुर नामक दूत ने यही जगह बताई थी, जहां अमात्य राक्षस के आ प्रहुंचने की आशा है। (देखकर) क्या ये अमात्य राक्षस ही मुख को कपड़े में छिपाए इधर चले आ रहे हैं? तो मैं इस पुराने उद्यान के वृक्षों की आड़ में छिपकर देखूं कि वे कहां रुकते हैं। (घूमकर बैठ जाता है।)

[मुंह ढके हुए सशस्त्र राक्षस का प्रवेश]

---

1. गुण= अर्थात् छः रस्सियां बंटकर बनी एक रस्सी। गुण का दूसरा अर्थ तो स्पष्ट ही है। छः गुण राजनीति में हैं—साम, दाम दण्ड, भेद इत्यादि।

2. रज्जु=रस्सी। रस्सी की नीति से तुलना की गई है।

राक्षस : (आंखों में आंसू भरकर) हाय कष्ट! दारुण कष्ट! आश्रय विनष्ट हो जाने पर कुलटा की तरह कातर होकर राज्यलक्ष्मी परपुरुष के पास चली गई। स्नेह-त्याग करने पर अपने पूर्ववर्तियों का अनुगमन करती प्रजा भी उसी लक्ष्मी के साथ हो ली। विश्वसनीय पुरुषों ने भी असफलता के कारण कार्य का भार उठाना छोड़ दिया। ...करते भी क्या! वे स्वयं सिरकटे हाथियों की तरह हो गए हैं। नन्द जैसे भुवनेश्वर को छोड़कर दुराचारिणी राज्यलक्ष्मी ढीठ, चरित्रहीना शूद्रा की भांति छल से वृषल के पास जाकर स्थिर हो गई है। हम ही क्या करें? दुर्भाग्य भी तो शत्रु की तरह हमारे हरेक प्रयत्न को असफल करने में लगा हुआ है। चाणक्य के हाथों न मारे जाने योग्य देव नन्द के स्वर्गवासी होने पर पर्वतेश्वर का आश्रय लेकर प्रयत्न किया, पर वह भी मर गया। उसके बाद उसके पुत्र की सहायता ली, किन्तु फिर भी असफलता ही मिली। मुझे तो लगता है कि भाग्य ही नन्द वंश का शत्रु है, वह ब्राह्मण चाणक्य नहीं है। म्लेच्छ मलयकेतु भी कैसा बुद्धिहीन है! सवंश नष्ट हो जाने वाले स्वामी की जो अभी तक सेवा कर रहा है वह राक्षस जीते जी शत्रुओं से कैसे सन्धि कर सकता है! उस मूर्ख, अच्छे-बुरे की पहचान न करने वाले म्लेच्छ मलयकेतु ने यह भी नहीं सोचा! नहीं। अथवा दुर्भाग्य से ग्रस्त मनुष्य की बुद्धि पहले से ही उलटी हो जाती है। लेकिन राक्षस अब भी शत्रु के हाथ पड़कर मर जाएगा, परन्तु उस चन्द्रगुप्त से सन्धि कभी नही नहीं करेगा। अपनी प्रतिज्ञा को पूर्ण न करने का कलंक फिर भी अच्छा है, किन्तु शत्रु के छल-बल से अपमानित होना तो असह्य है। (चारों ओर आंसू-भरी आंखों से देखकर) यह देव नन्द के चरणों से पवित्र हुई कुसुमपुर की उपकण्ठ भूमि[1] है। यहीं प्रत्यंचा खींचने से ढीली पड़ी लगाम को कसकर पकड़ते हुए देव नन्द ने घोड़े को खूब तेज दौड़ाकर भागते हुए कौशल से लक्ष्यों को बाण मारकर बेध दिया था। यहीं उद्यान की श्रेणियों में उन्होंने राजाओं के साथ बैठकर विचार किया था। आज यही भूमियां मेरे हृदय को

1. नगर के बाहर की जगह : Suburb : जिसे गाँवों में ब्रज भाषा में 'गौडे की धरती' कहते हैं।

अत्यन्त क्लेश दे रही हैं। मैं अभागा कहां जाऊं! *(देखकर)* इसी जीर्ण उद्यान में चलूं और किसी तरह चन्दनदास का पता लगाऊं। *(घूमकर, स्वगत)* अरे! पुरुष के उतार-चढ़ाव का कोई पता नहीं लगा सकता। जो कभी पहले निकलता था तो लोग उसे एक-दूसरे को ऐसे उंगलियां उठाकर दिखाते थे जैसे नया चन्द्रमा हो, और जो कभी हजारों राजाओं से घिरा हुआ राजा की तरह ही कुसुमपुर से निकला करता था, वही मैं आज असफल होकर चोर की तरह डरता-डरता चुपके-चुपके इस पुराने उपवन में प्रवेश कर रहा हूं। अरे, जिसके प्रसाद से यह सब होता था, अब वे ही नहीं रहे। *(प्रवेश करके)* ओह! अब जीर्णोद्यान की वह शोभा कहाँ चली गई? अत्यन्त परिश्रम से निर्मित वह प्रासाद नन्द वंश की भाँति ही नष्ट हो गया। मित्र के वियोग से सूखे हुए हृदय की भाँति तालाब भी सूख गया। दुर्भाग्य से ग्रस्त वृक्ष भी नीति की भाँति ही फलहीन हो गए और यहाँ की भूमि भी कुनीति के कारण मूर्खों की बुद्धि की तरह घास-पात से ढक गई! तीखे परशुओं से इन वृक्षों के अंग काट दिए गए। ये कबूतरों की पंक्तियाँ नहीं, बल्कि उसके घावों को देखकर दुख से रोते हुए स्वजन हैं उसे दुखी जानकर उसांस-सा लेते हुए साँप डोल रहे हैं। अपनी कंचुल क्या छोड़ते हैं, मानो घावों पर फाहा लगा रहे हैं। अन्दर से सूख गए हैं ये वृक्ष! कीड़ों ने सब कुछ खा डाला है। रस टपकता है कि ये रो रहे हैं, छायाहीन ये वृक्ष तो ऐसे लगते हैं जैसे कोई श्मशान जाने को उद्यत हो!

इस टूटी शिला पर बैठ जाऊँ। अभागों को यह तो मिल ही जाती है। *(बैठकर और कान लगा सुनकर)* अरे, यह शंखपटहों के स्वर से संयुक्त यह नान्दी शब्द कहाँ हो रहा है? कितना प्रचण्ड शब्द है कि श्रोताओं के कान फाड़े दे रहा है! जब वह वहाँ समाया नहीं तो हवा पर चढ़कर इधर आ रहा है। मानो दिशाओं का विस्तार देखने को यह चंचल हो उठा हो। (सोचकर) हाँ, समझा! मलयकेतु को गिरफ्तार कर लेने के कारण यह राजकुल (रुककर ईर्ष्या और दुख से) मौर्य कुल का आनन्द प्रकट कर रहा है। (आँखों में आँसू भरकर) हाय दारुण कष्ट! हाय रे क्लेश! दैववश पहले

तो शत्रु के वैभव की बात ही सुनी थी, फिर भाग्य ने यहाँ लाकर उसे दिखा दिया। अब मुझे लगता है कि विधि मुझे उसको सर्वात्मभाव से स्वीकार कराने का यत्न कर रही है।

पुरुष : ये बैठ गए। अब मुझे भी आर्य चाणक्य की आज्ञा का पालन करना चाहिए।

[राक्षस की ओर न देखकर अपने गले में रस्सी का फंदा लगाने लगता है।]

राक्षस : *(देखकर, स्वगत)* अरे! यह कौन फाँसी लगा रहा है? अवश्य यह कोई मेरे जैसा ही दुखी है। इससे पूछूँ। *(पास जाकर, प्रकट)* भद्र! भद्र! यह क्या कर रहे हो?

पुरुष : *(रोता हुआ)* आर्य, जो प्रिय मित्र के नाश से दुखी हमारे जैसा अभागा व्यक्ति कर सकता है!

राक्षस : *(स्वगत)* मैंने पहले ही सोचा था कि कोई मुझ जैसा ही अभागा है! *(प्रकट)* भद्र! जीवन की दुख रूपी शाला के सहपाठी! यदि कोई बड़ी और गुप्त बातें न हों तो मुझे बताओ। आखिर मरते क्यों हो?

पुरुष : *(देखकर)* आर्य! न वह रहस्य है, न कोई बड़ी बात ही। पर मेरा प्रिय मित्र मरने को है, इसी दुख से मैं मरता हूँ। मुझे मरने दो, समय नष्ट न कराओ।

राक्षस : *(दीर्घ श्वास लेकर, स्वगत)* हाय! अपने मित्र पर पड़ी विपत्तियों में भी हम परायों की तरह उदासीन हो गए हैं—इसने हमें यह भान करा दिया है। *(प्रकट)* यदि वह रहस्य नहीं है, ज़रा-सी बात है, तो मुझे बताओ न! दुख का कारण क्या है?

पुरुष : उफ, कितना आग्रह है, आर्य, आपका! क्या करूं? सुनाता हूं। इस नगर में कोई जिष्णुदास श्रेष्ठि मणिकार है।

राक्षस : *(स्वगत)* जिष्णुदास चन्दनदास का परम मित्र है। *(प्रकट)* उसका क्या हुआ?

पुरुष : वह मेरा प्रिय मित्र है।

राक्षस : *(प्रसन्नता से, स्वगत)* अरे! प्रिय मित्र है? तब तो बहुत पास का सम्बन्ध है। अरे! अब चन्दनदास का समाचार मिल जाएगा। *(प्रकट)* तो क्या हुआ, भद्र?

पुरुष : *(आँसू-भरी आँखों से)* इस समय गरीबों को अपना धन बाँटकर वह अग्नि-प्रवेश करने नगर के बाहर चला गया है। मैं भी, इस समाचार को सुनने से पहले ही कि मेरा प्रिय मित्र मर गया, यहां गले में फंदा लगाकर मरने आया हूं।

राक्षस : भद्र! तुम्हारा मित्र अग्नि-प्रवेश क्यों कर रहा है? क्या वह किसी असाध्य रोग से पीड़ित है?

पुरुष : नहीं, आर्य, नहीं।

राक्षस : तो क्या अग्नि और विष की भांति भयानक राजकोप से पीड़ित है?

पुरुष : नहीं, आर्य, नहीं! चन्द्रगुप्त के राज्य में ऐसी नृशंसता नहीं है।

राक्षस : तो क्या किसी स्त्री से प्रेम हो गया था?

पुरुष : (कानों पर हाथ रखकर) आर्य, पाप शांत हो! पाप शान्त हो! अत्यन्त विनयशील वैश्यों के लिए यह सोचा भी नहीं जा सकता। और फिर जिष्णुदास के लिए?

राक्षस : तो वे भी तुम्हारी तरह प्रिय मित्र के विनाश के कारण मर रहे हैं?

पुरुष : हां, आर्य! यही बात है।

राक्षस : *(घबराकर, स्वगत)* चन्दनदास इसके मित्र का प्रिय मित्र है और मित्र के विनाश के कारण ही वह मर रहा है। सच तो यह है कि प्रिय मित्र की चिन्ता मुझे व्याकुल कर उठी है। (प्रकट) भद्र! मुझे अपने मित्र के पवित्र चरित्र का पूरा विवरण सुनाओ।

पुरुष : आर्य! मैं अभागा अब मरने में और देर नहीं कर सकता।

राक्षस : भद्र! वह बात तो बताओ।

पुरुष : क्या करूं! अच्छा कहता हूं। सुनिए।

राक्षस : सुन रहा हूं, भद्र।

पुरुष : आप जानते होंगे इस नगर में मणिकार चन्दनदास श्रेष्ठि रहता है?

राक्षस : *(खेद से, स्वगत)* में ˜नाश का द्वार दुर्भाग्य ने खोल दिया है। ओ मेरे हृदय, स्थिर रह! तुझे अभी और भी विदारुण संवाद सुनना है। (प्रकट) भद्र! कहते हैं वह बड़ा मित्र-वत्सल है। उसको क्या हुआ?

पुरुष : वह इस जिष्णुदास का परम मित्र है।

राक्षस : *(स्वगत)* अरे हृदय, वज्र सहने को तत्पर हो जा! *(प्रकट)* हां, फिर?

पुरुष : आज जिष्णुदास ने प्रिय के स्नेह से चन्द्रगुप्त से उचित ही कहा।

राक्षस : क्या कहा? कैसे?

पुरुष : कहाः देव! मेरे पास घर-परिवार पालने को काफी धन है, उसे लेकर उसके बदले में मेरे प्रिय मित्र चन्दनदास को छोड़ दीजिए।

राक्षस : *(स्वगत)* धन्य, जिष्णुदास, धन्य! तुमने मित्र-प्रेम निबाहा। जिस धन के लिए पुत्र पिता को और पिता पुत्र को शत्रु समझने लगता है; मित्र मिलना छोड़ देते हैं; उसी धन को तुम अपने मित्र को मुक्त कराने के लिए उपयोग कर रहे हो; उसे दुःख की भांति छोड़ रहे हो। तुमने तो व्यापारी स्वभाव ही उलटा कर दिया! *(प्रकट)* भद्र! तब मौर्य। ने क्या कहा?

पुरुष : आर्य! ऐसा कहने पर चन्द्रगुप्त ने उससे कहा कि हमने धन के लिए चन्दनदास को दण्ड नहीं दिया, जिष्णुदास! इसने अमात्य राक्षस का कुटुम्ब कहीं छिपा रखा है। हमने कई बार उसे इससे मांगा, पर इसने नहीं दिया। अब भी यदि उसे हमारे हाथ सौंप दे तो हम इसे छोड़ देंगे, अन्यथा प्राणदण्ड अवश्य मिलेगा।... इसके बाद चन्दनदास को वध्य-स्थान की ओर ले जाया जाने लगा। जिष्णुदास ने कहा कि इससे पहले कि मैं मित्र की मृत्यु की बात सुनूं, मैं ही मर जाऊं! वह अग्नि में जल मरने नगर के बाहर निकल गया। मैं भी जिष्णुदास के मरने का समाचार सुनने से पहले ही मर जाना चाहता हूं। इसी से यहां आया हूं।

राक्षस : भद्र! चन्दनदास अभी मारा तो नहीं गया?

पुरुष : नहीं, आर्य! अभी नहीं। उससे बार-बार अमात्य राक्षस का कुटुम्ब माँगा जा रहा है, पर वह मित्र-प्रेम के कारण साफ मना कर रहा है। इसीलिए उसके मरने में देर हो रही है।

राक्षस : *(सहर्ष, स्वगत)* धन्य, चन्दनदास, धन्य! मित्र शरणागत की रक्षा करके तुमने शिवि की भाँति यश पा लिया! *(प्रकट)* भद्र...भद्र! तुम शीघ्र जाओ और जिष्णुदास को जलने से रोको। मैं भी चंदनदास को मरने से रोकता हूँ।

पुरुष : आर्य! आप चन्दनदास को मरने से कैसे रोक सकते हैं?

राक्षस : *(खड्ग खींचकर)* और किसी से नहीं, इस खड्ग से! पौरुष-प्रिय खड्ग से! देखो, निर्मल आकाश-सा शुद्ध, रण-प्रेम के कारण पुलकित-सा, मेरे हाथ का साथी, बल की अधिकता को संग्राम की कसौटी पर ही दिखाने वाला मेरा यह खड्ग मित्र-प्रेम के कारण विवश बने हुए मुझको अब पुरुषार्थ दिखाने को उकसा रहा है।

पुरुष : आर्य, इसे मैंने सुन लिया कि चन्दनदास बच सकता है, पर ऐसे समय में इस खड्ग के प्रयोग का परिणाम क्या होगा, यह तो सोचिए! *(देखकर, चरणों पर गिरकर)* क्या आप ही स्वनामान्य अमात्य राक्षस हैं? प्रसन्न होइए। कृपया मेरा सन्देह दूर करिए।

राक्षस : भद्र! मैं वही स्वामी-कुल-विनाश से दुखी, मित्र के विनाश के कारण, स्वनामधन्य अनार्य राक्षस हूँ।

पुरुष : *(प्रसन्नता से फिर पाँवों पर गिरकर)* प्रसन्न हों, प्रसन्न हों! आश्चर्य! देखकर ही कृतार्थ हो गया।

राक्षस : भद्र, उठो! समय नष्ट न करो। उठो, जिष्णुदास से जाकर कहो कि राक्षस चन्दनदास को मृत्यु से छुड़ाता है। इस खड्ग में मेरा पौरुष है। संग्राम में ही इसकी कसौटी है।

पुरुष : *(फिर पाँवों पर गिरकर)* प्रसन्न हों! अमात्य प्रसन्न हों! नगर में दुरात्मा चन्द्रगुप्त ने पहले शकटदास के वध की आज्ञा दी थी। उसे किसी ने वध्यस्थल से भगाकर कहीं और पहुँचा दिया। चन्द्रगुप्त ने पूछा कि ऐसा प्रमाद क्यों हुआ? आर्य शकटदास का वध न होने के कारण उसने अपनी क्रोधाग्नि को वधिकों के मृत्यु रूपी जल से बुझाया। तब से वधिक जब किसी शस्त्रधारी को आगे या पीछे कहीं देखते हैं तो रास्ते में ही, अपनी रक्षा करने को, वध्यस्थल में पहुँचने से पहले ही, वध्य पुरुष को मार डालते हैं। आप शस्त्र लेकर जाएँगे तो यही चन्दनदास की शीघ्र मृत्यु का कारण बन जाएगा। *(प्रस्थान)*

राक्षस : *(स्वगत)* उफ! चाणक्य की नीति का मार्ग कौन समझ सकता है! यदि शकटदास शत्रु की सम्मति से मेरे पास पहुँचाया गया. ..तो शत्रु ने घातकों को क्यों मरवा दिया? और यह यदि जाल है तो उसने वैसा पत्र लिखकर नन्दवंश का अहित क्यों किया? तर्क के आधार पर मेरी बुद्धि किसी निश्चय पर नहीं पहुँच रही।

(सोच करके) नहीं, यह शस्त्र ले जाने का समय नहीं है। इससे तो मित्र का नाश शीघ्रतर हो जाएगा। नीति का फल बहुत समय के पश्चात् प्रकट होता है, अतः यहाँ उसका क्या प्रयोजन! इतने गहरे मित्र के प्रति मैं उदासीन भी नहीं हो सकता। अतः, यही सही। मैं अपने मित्र की मुक्ति के लिए अपने शरीर को देकर उसका मूल्य चुकाऊँगा।

[प्रस्थान]

[छठा अंक समाप्त]

सातवां अंक

[चांडाल का प्रवेश]

चांडाल : हट जाओ, आर्यो, हट जाओ! हटो, मान्यो, हटो! यदि आप अपने जीवन, प्राण वैभव, कुल, स्त्री आदि की रक्षा करना चाहते हैं, तो प्रयत्नपूर्वक राज्य का अहित करने की भावना का त्याग करिए। अपथ्य भोजन से मनुष्य को रोग या मृत्यु की ही प्राप्ति होती है, परन्तु राजद्रोह जैसे अपथ्य से तो सारा वंश ही नष्ट हो जाता है। यदि आपको विश्वास नहीं होता तो बाल-बच्चों के साथ, वध्यस्थल पर लाए गए इस राजद्रोही श्रेष्ठि चन्दनदास को देखिए। *(आकाश को देखकर)* आर्य! क्या कहा? क्या पूछा कि चन्दनदास के बचने का कोई रास्ता है? कहाँ? इस अभागे के बचने का रास्ता ही क्या है? पर, नहीं। यह भी हो सकता है! यदि यह राक्षस के कुटुम्ब को दे दे। *(फिर आकाश देखकर)* क्या कहा? यह शरणागत-वत्सल अपने प्राणों की रक्षा के लिए ऐसा बुरा काम कदापि नहीं करेगा? आर्य! यदि यही बात है, तो इसकी शुभगति की सोचिए। अब रक्षा का विचार करने से क्या लाभ ?

[दूसरे चाण्डाल के आगे स्त्री-पुत्र के साथ वध्यवेश में सूली कंधे पर रखे हुए चन्दनदास का प्रवेश]

चन्दनदास : हा, धिक्! नित्य चरित्र-भंग के भय में रहने वाले मुझ जैसे आदमी की भी चोरों की-सी मृत्यु हो रही है। भगवान कृतान्त को नमस्कार है। क्रूर घातकों को तो अपराधी और निरपराधी में कोई भेद नहीं लगता। मृत्यु की आशंका से मांस को छोड़कर केवल तिनकों पर जीने वाले भोले-भाले हिरन को मारने में ही शिकारी का विशेष

हठ क्यों होता है! (चारों ओर देखकर) हाय, मित्र जिष्णुदास! मुझे जवाब नहीं देते? ऐसे आदमी ही दुर्लभ हैं जो इस समय दिखाई दें। (अश्रु-भरे नेत्रों से) ये लोग जो आंसू-भरी आँखों से मुझे देखते हुए लौट रहे हैं, ये मेरे मित्र ही हैं। (घूमता है।)

दोनों चांडाल : *(घूमकर तथा देखकर)* आर्य चन्दनदास! तुम वध्यस्थल में आ चुके हो। अब सम्बन्धियों को लौटा दो।

चन्दनदास : आर्ये कुटुम्बिनी; तुम पुत्र के साथ लौट आओ। यह वध्यस्थल है। इससे आगे जाना ठीक नहीं।

कुटुम्बिनी : *(रोते हुए)* आर्य परदेश तो नहीं जा रहे, परलोक जा रहे हैं। अतः अब हम लौटकर क्या करेंगे?

चंदनदास : आर्ये! ठीक है मेरा वध हो सकता है, पर मित्र के कार्य के कारण ही तो, फिर ऐसे हर्ष के अवसर पर भी रोती हो?

कुटुम्बिनी : आर्य! यही बात है तो घरवाले क्यों लौट जाएँ?

चन्दनदास : आर्ये! तो तुम्हारा क्या निश्चय है?

कुटुम्बिनी : *(रोकर)* स्त्री को तो पति के चरणों का ही अनुगमन करना चाहिए।

चंदनदास : आर्ये! यह दुराग्रह है। यह अबोध बच्चा है। इसपर तो दया करो।

कुटुम्बिनी : कुलदेवता प्रसन्न होकर इस बालक की रक्षा करें। वत्स, आगे पिता नहीं रहेंगे! इनके चरणों को प्रणाम करो।

पुत्र : *(पांवों पर गिरकर)* पिता! आप चले जाएंगे? अब मैं क्या करूं?

चंदनदास : पुत्र! उस देश में चले जाना, जहां चाणक्य नहीं हो।

चाण्डाल : आर्य चंदनदास, सूली गड़ चुकी है। सावधान हो जाओ!

कुटुम्बिनी : आर्यो! रक्षा करो, रक्षा करो!

चंदनदास : भद्र! क्षण-भर ठहरो। प्राणप्रिये, क्यों रोती हो? अब वे देव नन्द स्वर्ग चले गए जो नित्य स्त्रियों पर दया किया करते थे।

एक चांडाल : अरे, वेणुवेत्रक! इस चन्दनदास को पकड़। घर के लोग अपने-आप लौट जाएंगे।

दूसरा चांडाल : अरे, वज्रलोमक! अभी पकड़ता हूं।

चंदनदास : भद्रमुख! एक क्षण और ठहर जाओ। मैं तनिक अपने पुत्र का आलिंगन कर लूं। *(पुत्र से आलिंगन कर, स्नेह से उसका सिर सूंघकर)* पुत्र! मृत्यु तो कभी न कभी वैसे भी होगी ही, इसलिए मैं मित्र का कार्य पूरा करते हुए इस समय मर रहा हूँ।

पुत्र : तात, क्या यह हमारा कुल-परम्परा से आया धर्म है? (पैरों पर गिरता है।)

दूसरा चांडाल : अरे वज्रलोमक, पकड़!

[दोनों चाण्डाल सूली पर चढ़ाने के लिए चंदनदास को पकड़ते हैं।]

कुटुम्बिनी : *(छाती पीटकर)* आर्यो! बचाओ, बचाओ!

राक्षस : *(पर्दा हटाकर प्रवेश करते हुए)* डरो मत, डरो मत! अरे सूली देने वालो, अब चन्दनदास को मत मारों क्योंकि जिसने शत्रुकुल की भांति स्वामीकुल विनष्ट होते हुए देखा है, जो मित्रों की आपत्ति में आनंदोत्सव मनाते व्यक्ति की भांति रहा और अपमानित होकर भी जो मरने को तैयार है, ऐसे मुझ राक्षस को पकड़ो। मुझ अभागे के गले में यमलोक के मार्ग जैसी इस वध्यमाला को डाल दो।

चंदनदास : *(देखकर, रोता हुआ)* अमात्य, यह आपने क्या किया?

राक्षस : तुम्हारे पवित्र चरित्र के केवल एक अंश का अनुकरण!

चंदनदास : अमात्य! मेरे सारे उद्योग को ऐसे व्यर्थ करके क्या आपने उचित किया है?

राक्षस : मित्र चंदनदास! उपालम्भ मत दो। सम्पूर्ण संसार स्वार्थी है। भद्र! तुम यह समाचार दुरात्मा चाणक्य से कह दो।

एक चांडाल : क्या?

राक्षस : दुष्टों के लिए अत्यन्त प्रिय इस भयानक कलिकाल में भी जिसने अपने प्राण देकर दूसरे के प्राणों की रक्षा करने का यत्न किया है, और इस प्रकार शिवि के यश को भी तिरस्कृत कर दिया है; जिस पवित्रात्मा के विशाल चरित्र ने बुद्ध के चरित्र को भी छोटा बना दिया है: ऐसे विशुद्धात्मा पूजनीय चंदनदास का वध जिस व्यक्ति के लिए तुम करने जा रहे थे, वह मैं उपस्थित हूँ।

एक चांडाल : अरे! वेणुवेत्रक तू इस श्रेष्ठि चंदनदास को पकड़कर इस मरघट के पेड़ की छाया में बैठ । मैं आर्य चाणक्य की सेवा में यह निवेदन करके आता हूँ कि अमात्य राक्षस पकड़े गए!

दूसरा चांडाल : अरे, वज्रलोमक! ठीक है। यही कर!

एक चांडाल : *(राक्षस के साथ घूमकर)* अरे! कौन है यहां द्वारपालों में? नन्द वंश की सेनाओं को मारने के लिए वज्र जैसे तथा मौर्य वंश में धर्म-स्थापना करने वाले आर्य चाणक्य से निवेदन करो⋯

राक्षस : (स्वगत) यह भी राक्षस को सुनना था!

एक चांडाल : आपकी नीति से कुण्ठितबुद्धि राक्षस पकड़े गए हैं।

[जवनिका[1] से शरीर ढंके और केवल मुख खोले चाणक्य का प्रवेश]

चाणक्य : *(सहर्ष)* भद्र! कहो, कहो, ऊँची लपटों के कारण पीली दिखाई देने वाली अग्नि को कपड़े में किसने बांधा है? किसने पवन की गति को रस्सियों से रोका है? किसने मतवाले हाथियों के मद-जल से सुरभित और भीगे हुए सिंह को पिंजरे में बन्द किया है? किसने भयानक मकर-नक्रों से भरे समुद्र को हाथों से तैरकर पार किया है?

एक चांडाल : नीति-निपुण आर्य ने ही।

चाणक्य : भद्र! ऐसा नहीं है। यह कहो कि नंद वंश के द्वेषी दैव ने ही ऐसा किया है।

राक्षस : *(देखकर, स्वगत)* अरे! वही दुरात्मा या महात्मा कौटिल्य है! यह रत्नों के आकर समुद्र की भांति शास्त्रों का आगार है। हम इसके गुणों से ईर्ष्या करते हैं, प्रेम नहीं।

चाणक्य : *(देखकर सहर्ष)* अरे! ये तो अमात्य राक्षस हैं। जिस महात्मा के कारण देर-देर तक जागकर बड़े-बड़े उपाय सोचते-करते मौर्य सेना और मेरी बुद्धि थक गई है! *(पर्दा हटाकर और पास आकर)* अमात्य राक्षस! आपको विष्णुगुप्त नमस्कार करता है।

राक्षस : *(स्वगत)* अब 'अमात्य' विशेषण लज्जा देने वाला-सा लगता है। (प्रकट) अरे विष्णुगुप्त, मैं चाण्डाल के स्पर्श से दूषित हूँ मुझे मत छुएं।

चाणक्य : अमात्य राक्षस! यह चाण्डाल नहीं हैं। यह तो आपका पूर्वपरिचित राज्य-कर्मचारी सिद्धार्थक है। वह दूसरा भी राज्यकर्मचारी सुसिद्धार्थक है। और शकटदास की इन दोनों से मित्रता करवाकर इससे मैंने ही छल के द्वारा वह पत्र लिखवाया था। इस सम्बन्ध में वह बेचारा तो कुछ जानता ही नहीं था।

राक्षस : *(स्वगत)* उफ! शकटदास के प्रति मेरा संदेह तो दूर हुआ।

चाणक्य : बहुत क्या कहूं! संक्षेप में यही है कि आपके सेवक भद्रभट्ट आदि, कपट-भरा लेख, आपका विश्वासपात्र सिद्धार्थक, तीनों आभूषण, आपका मित्र क्षपणक, जीर्णोद्यान वाले दुःखी पुरुष, चंदनदास के

---

1. जवनिका—जल्दी गिरने वाला पर्दा।

कष्ट-इन सबका आयोजन-संचालन मेरे द्वारा ही हुआ। (कहकर लज्जा से संकुचित होता है।) और वीरवर, यह सब मैंने आपका चंद्रगुप्त से मिलन कराने के लिए ही किया। देखिए, यह वृषल आपसे मिलने आ रहा है।

राक्षस : *(स्वगत)* क्या करूं? (प्रकट) देखता हूं।

[राजा का अनुचरों-सहित प्रवेश]

राजा : *(स्वगत)* बिना युद्ध किए ही आर्य ने दुर्जय शत्रुओं को हरा दिया! मैं तो संकोच में पड़ गया हूं। फल रहते हुए भी काम न करने करने से लज्जित होकर ही नीचे मुंह किए तरकश में पड़े बाणों का-सा जीवन मेरे लिए संतोष का विषय नहीं है। अथवा ऐसा सोचना ठीक नहीं है-मेरे समान राज्य-सुख की नींद लेने वाले जिस राजा के राज्य-संचालन में निरन्तर जागरूक आचार्य चाणक्य जैसे व्यक्ति संलग्न हैं (चाणक्य के पास जाकर) ...आर्य! चन्दुगुप्त प्रणाम करता है।

चाणक्य : वृषल! तुम्हें जो आशीष दिए थे वे सब सफल हुए। इसलिए आदरणीय अमात्य राक्षस को प्रणाम करो, क्योंकि ये तुम्हारे पिता के प्रधानमन्त्री हैं।

राक्षस : *(स्वगत)* इसने तो सम्बन्ध करा दिया!

राजा : (राक्षस के पास जाकर) आर्य! मैं, चन्द्रगुप्त अभिवादन करता हूँ।

राक्षस : *(देखकर, स्वगत)* अरे! यह चन्दुगुप्त है! इसके बचपन में ही लोग कहते थे कि यह बड़ा होकर कुछ होगा। जैसे धीरे-धीरे हाथी अपने झुंड का अधिपति हो जाता है, वैसे ही यह भी अब सिंहासन पर चढ़ गया। *(प्रकट)* राजन! विजयी हों।

राजा : आर्य! जरा सोचिए: नीति के छहों गुणों में आपके एवं गुरु चाणक्य के जागरूक रहने पर संसार की वह कौन-सी वस्तु है जो मेरी न हो जाए?

राक्षस : *(स्वगत)* क्या कौटिल्य-शिष्य चन्द्रगुप्त मुझे अपना भृत्य स्वीकार कर रहा है? या यह केवल इसकी नम्रता है? पर चन्द्रगुप्त के प्रति मेरी ईर्ष्या उसे ठीक तरह समझने में बाधक रही है। सब तरह से चाणक्य यशस्वी है। योग्य ओर पुरुषार्थी राजा को पाकर

तो मूर्ख मन्त्री भी कीर्ति प्राप्त कर लेता है, पर अयोग्य राजा के पास जाकर तो अत्यन्त नीतिज्ञ मंत्री भी कगारे पर खड़े पेड़ की तरह आश्रय-विहीन होकर गिर जाता है।

चाणक्य : अमात्य राक्षस, क्या आप चन्दनदास के प्राणों की रक्षा चाहते हैं?

राक्षस : विष्णुगुप्त, इसमें क्या सन्देह है?

चाणक्य : अमात्य, आप बिना शस्त्र उठाए ही चन्द्रगुप्त पर अनुग्रह कर रहे हैं, यही सन्देह है। यदि आप सचमुच चंदनदास की रक्षा करना चाहते हैं, तो यह शस्त्र ग्रहण कीजिए।

राक्षस : नहीं, विष्णुगुप्त! यह ठीक नहीं है। मैं इसके लिए अयोग्य हूं। और फिर आपका उठाया शस्त्र धारण करूं?

चाणक्य : अमात्य राक्षस! यह कैसे कहते हैं कि आप अयोग्य हैं और मैं योग्य हूं।आप तो दुर्दान्त शत्रुओं का दमन करने वाले हैं। आपके भय से...इन घोड़ों को देखिए...जो निरन्तर मुंह में लगाम दबाए रहने से दुर्बल हो गए हैं। इनकी रक्षक सेना के योद्धाओं को देखिए जो सदैव युद्ध-तत्पर रहने के कारण न खा सके हैं, न पी सके हैं, न नहाते हैं, न चैन पाते हैं। यह देखिए इंन युद्ध के लिए सजे हाथियों को! कैसे दीन दिखते हैं! पर अब इस सबसे क्या? यदि आप शस्त्र नहीं थामेंगे तो चन्दनदास भी नहीं बचेगा।

राक्षस : *(स्वगत)* देव नन्द का स्नेह मेरे हृदय को छू रहा है, तो भी मैं उनके शत्रुओं का भृत्य बन गया हूँ। अरे, जिन वृक्षों को अपने हाथ से पानी दे-देकर सींचा, क्या उन्हें अब स्वयं ही काटना होगा? मित्र की प्राण-रक्षा के लिए मुझे अमात्य पद का यह शस्त्र आज धारण करना पड़ रहा है। भाग्य के कार्य भी कितने विचित्र होते हैं! (प्रकट) विष्णुगुप्त, खड्ग लाओ। सब कुछ जिससे सिद्ध है ऐसे मित्र-स्नेह के आगे मैं नतमस्तक हूँ। क्या चारा है! मैं उद्यत हूँ।

चाणक्य : *(प्रसन्नता से अपने हाथ का खड्ग उसे समर्पित कर देता है।)* वृषल! वृषल! अमात्य राक्षस ने शस्त्र धारण करके तुम्हें अनुगृहीत कर दिया है। सौभाग्य से तुम्हारा उत्कर्ष हो रहा है।

राजा : चन्द्रगुप्त आपकी कृपा को जानता है, आर्य!

पुरुष : *(प्रवेश कर)* आर्य की जय हो! आर्य! भद्रभट्ट, भागुरायण आदि मलयकेतु को हाथ-पांव बांधकर राजद्वार पर लाए हैं। आज्ञा दीजिए।

चाणक्य : हां, सुन लिया, भद्र! यह अमात्य राक्षस से निवेदन करो। अब ये ही सब राज-काज की व्यवस्था किया करेंगे।

राक्षस : *(स्वगत)* क्या कौटिल्य मुझे राजसेवक बनाकर मेरे ही मुंह से कुछ कहलवाना चाहता है? करूं भी क्या! (प्रकट) राजन् चन्द्रगुप्त आप जानते हैं, मैंने कुछ दिन मलयकेतु के यहां निवास किया है, अतः इनकी प्राण-रक्षा कीजिए।

[राजा चाणक्य के मुख की ओर देखता है।]

चाणक्य : वृषल! यह अमात्य राक्षस का सबसे पहला प्रिय है। इसे मानना ही चाहिए। *(पुरुष को देखकर)* भद्र! मेरी ओर से भद्रभट्ट आदि से कहो कि अमात्य राक्षस की प्रार्थना पर चन्द्रगुप्त फिर से मलयकेतु को उसके पिता का राज्य लौटा रहे हैं। इसलिए आप लोग उसके साथ जाइए और उसका राज्याभिषेक करके ही आइए।

पुरूष : जो आज्ञा, आर्य!

चाणक्य : ठहर भद्र, ठहर! देखो भद्र, ऐसे ही विजयपाल और दुर्गपाल से कह दो कि अमात्य राक्षस ने अमात्य पद-शस्त्र ग्रहण कर लिया है, इसलिए देव चन्द्रगुप्त उनके प्रति प्रेम के कारण आज्ञा देते हैं कि श्रेष्ठि चन्दनदास पृथ्वी के सारे नगरों में श्रेष्ठ पद पर माने जाएं।

पुरुष : जो आज्ञा आर्य! (प्रस्थान)।

चाणक्य : राजन् चन्द्रगुप्त! तुम्हारा और क्या प्रिय करूं?

राजा : क्या अब भी कुछ प्रिय करना रह गया? राक्षस जैसा मित्र दिया, राज्य पर मुझे स्थिर कर दिया और नन्दों का जड़ से नाश कर दिया। अब और करना ही क्या रहा?

चाणक्य : विजये! विजयपाल और दुर्गपाल से कहो कि अमात्य राक्षस से प्रेम होने का कारण देव चन्द्रगुप्त आज्ञा देते हैं कि केवल हाथी-घोड़े बंधे रहने दो, शेष सबको मुक्त कर दो। पर जब अमात्य राक्षस

ही नेता हैं, तब उनसे भी क्या काम! इसलिए सभी हाथी-घोड़े छोड़ दो। अब प्रतिज्ञा पूर्ण हुई। मैं भी अपनी शिखा बांधता हूं।

प्रतिहारी : जैसी आर्य की आज्ञा! (प्रस्थान)

चाणक्य : अमात्य! बताओ अब मैं आपका क्या प्रिय करूँ?

राक्षस : क्या इससे अधिक कुछ ओर भी प्रिय हो सकता है? यदि इतने पर संतोष न हो तो फिरः

भरतवाक्य

कल्प के आरम्भ में घन प्रलय में डूबी धरा ने,
अतुल बलमय, चिर दयामय विष्णु के अवतार दुर्जन
वीरवर वाराह के उस दंत का आश्रय लिया था।
आज म्लेच्छों से हुई जब पीड़िता वह
विष्णु के से सुदृढ़ घन भुजदण्ड वाले वीर निश्चय,
चन्द्रगुप्त महान के भुजदण्ड का आश्रय लिया है।
वे करें रक्षा धरा की चिर समय तक,
रहे वैभव सदा उनका भक्त-सेवक!

[सबका प्रस्थान]

[सातवां अंक समाप्त]

❑❑❑